FÁBIO FERNANDES
O TORNEIO DE SOMBRAS
AS AVENTURAS DE JANUARY PURCELL

Copyright© 2024 Fábio Fernandes

Todos os direitos dessa edição reservados à editora AVEC.

Nenhuma parte desta publicação poderá ser reproduzida, seja por meios mecânicos, eletrônicos ou em cópia reprográfica, sem a autorização prévia da editora.

Autor: Fábio Fernandes
Editor: Artur Vecchi
Leitura Crítica : Newton Rocha
Revisão: Camila Villalba
Diagramação: Luiz Gustavo Souza
Ilustração de capa: Marcos Schmidt

1ª edição: 2024 - AVEC Editora
Impresso no Brasil/ Printed in Brazil

Dados Internacionais de catalogação na Publicação (CIP)
(Câmara Brasileira do Livro, SP, Brasil)

F 363
 Fernandes, Fábio
  O torneio de sombras: as aventuras de January Purcell : v. 1 / Fábio Fernandes. – Porto Alegre : Avec, 2024.

  ISBN 978-85-5447-253-5

  1. Ficção brasileira   I. Título

CDD 869.93
_____

Índice para catálogo sistemático:1.Ficção : Literatura brasileira 869.93
Ficha catalográfica elaborada por Ana Lúcia Merege — 4667/CRB7

Caixa Postal 7501
CEP 90430-970 — Porto Alegre — RS
 contato@aveceditora.com.br
 www.aveceditora.com.br
 @aveceditora

FÁBIO FERNANDES
O TORNEIO DE SOMBRAS
AS AVENTURAS DE JANUARY PURCELL

SUMÁRIO

CAPÍTULO UM: Um moço muito branco...19

CAPÍTULO DOIS: Uma oneironauta..27

CAPÍTULO TRÊS: Um passado..35

CAPÍTULO QUATRO: Uma contraparte...43

CAPÍTULO CINCO: Os jogadores..47

CAPÍTULO SEIS: Um clube..61

CAPÍTULO SETE: Um personagem..69

CAPÍTULO OITO: Um supervisor...75

CAPÍTULO NOVE: Uma aprendiz..81

CAPÍTULO DEZ: Uma expedição...87

CAPÍTULO ONZE: Uma casa..95

CAPÍTULO DOZE: Uma reunião...103

CAPÍTULO TREZE: Um pedido...111

CAPÍTULO QUATORZE: Um confronto..115

CAPÍTULO QUINZE: Uma montanha..123

CAPÍTULO DEZESSEIS: Um sonho lúcido 129

CAPÍTULO DEZESSETE: Um explorador 135

CAPÍTULO DEZOITO: Uma biblioteca..139

CAPÍTULO DEZENOVE: Uns livros..145

CAPÍTULO VINTE: Uma surpresa...151

CAPÍTULO VINTE E UM: Um ser da Raça Futura.........................161

CAPÍTULO VINTE E DOIS: Uma complicação na trama................171

CAPÍTULO VINTE E TRÊS: Os marcianos......................................179

CAPÍTULO VINTE E QUATRO: Um ensinamento.........................183

CAPÍTULO VINTE E CINCO: Um professor...................................187

CAPÍTULO VINTE E SEIS: Uma guerra 191

CAPÍTULO VINTE E SETE: Um retorno 199

CAPÍTULO VINTE E OITO: Um outro retorno 203

CAPÍTULO VINTE E NOVE: Um mergulho 209

CAPÍTULO TRINTA: Um treinamento 213

CAPÍTULO TRINTA E UM: Um contra-ataque 223

CAPÍTULO TRINTA E DOIS: Um acontecimento inesperado 227

CAPÍTULO TRINTA E TRÊS: Um embate múltiplo 231

CAPÍTULO TRINTA E QUATRO: Um fim 237

EPÍLOGO 241

OUTRO EPÍLOGO 245

AGRADECIMENTOS 247

"Certa vez, Chuang-Tzu sonhou que era uma borboleta, que esvoaçava alegremente, feliz consigo mesma e fazendo o que queria. Ela não sabia que era Chuang-Tzu. Até que subitamente despertou. Mas não sabia se era um homem que sonhou que era uma borboleta, ou uma borboleta que sonhou que era um homem."

- *atribuído ao filósofo chinês Chuang-Tzu*

Para Michael Moorcock e Alan Moore

PRÓLOGO

UM SONHO

January Purcell tinha onze anos quando duas coisas de tremenda importância aconteceram em sua vida. A primeira foi a menstruação. O início da puberdade feminina e o consequente sangramento causado pela descamação do útero são considerados grandes marcos na vida de uma mulher. Numa sociedade matriarcal isso provavelmente seria motivo de celebração, não só pela capacidade recém-adquirida de gerar uma outra vida, mas também porque a mulher passaria a ter mais compreensão dos mecanismos do seu corpo e, por causa disso, mais atenção e cuidado para consigo mesma e com os outros ao seu redor.

January, porém, tinha onze anos na Londres de 1872, e, apesar de ter uma rainha no trono, a sociedade vitoriana estava muito longe de ser matriarcal. Mulheres eram tidas e havidas como seres que deveriam saber o seu lugar, ou seja, de esposas e mães. E só. Ela não tinha nenhuma vontade de ter filhos ou de se casar.

Teria sido por isso, então, que a segunda coisa mais importante da vida de January Purcell foi descobrir que na verdade ela também era homem?

No dia de sua menarca, January acordou assustada, sentindo algo quente e molhado entre suas pernas. Pulou da cama envergonhada, com a certeza absoluta de ter se urinado, muito embora já não fizesse isso desde os três anos. Ao puxar as cobertas e ver a mancha vermelho-escura, olhou para baixo e percebeu que o líquido era outro.

E a vergonha deu lugar ao medo.

Medo do que sua mãe iria dizer por ela ter sujado a cama. Logo ela, January, sempre tão arrumada e tão cuidadosa com sua toalete.

E medo de seu pai. Ela sabia que ele era considerado um homem à frente de seu tempo para os padrões da rígida sociedade imperial britânica, mas também sabia que alguns de seus colegas de clube a olhavam de um jeito que ela não gostava.

Como na véspera, em que receberam colegas de seu pai da Royal Geographical Society. Durante o jantar, do qual ela recebeu permissão de participar por se tratar de um evento razoavelmente informal, January percebeu os olhares insistentes de um dos homens. O tenente Daniel Dravot era um sujeito alto, de tez amorenada pelo sol do Oriente Médio — cujas histórias ("as menos embaraçosas, garanto", ele disse) contou à mesa no evidente intuito de agradar a filha de Sir Philip Purcell —, cabelos negros espessos que já começavam a rarear no topo da cabeça, bigodes imensos que quase lhe cobriam os lábios, e olhos de um azul profundo, que pareciam perfurar January.

Pela cara de poucos amigos de sua mãe, Dame Helen Wardour-Purcell também havia reparado na atenção indesejada do homem — e não havia gostado nada disso. Mandou-a para a cama antes mesmo da sobremesa, coisa que a chateou bastante.

Vinte minutos depois, quando sua mãe já tinha se recolhido, January desceu pé ante pé para ir até a cozinha tentar pegar uma fatia de torta de limão. Mas parou no meio da escada quando percebeu que a porta do escritório à sua frente estava entreaberta. E não teve como não ouvir o que diziam ali dentro.

— Sua filha já tem pretendente, Philip?

— Ainda é muito cedo para isso, Daniel.

— Não concordo — disse o outro, depois de uma tragada de seu charuto. — Minha mãe se casou com a idade da sua filha.

— Eram outros tempos.

— Philip tem razão, Daniel — disse a voz do outro colega, o tenente Carnehan, este um homem de pele mais clara, cabelos louros e rosto barbeado, que parecia mais reservado e, portanto, mais simpático para January. — Ainda que não seja nada de mais fazer um acordo de cavalheiros para prometer a mão da menina mais adiante. Mas isso, claro, mediante um dote, coisa que você não tem. — E deu uma risada rouca. Sentada na escada em frente à porta do escritório, January estremeceu. A simpatia havia ido embora por completo.

— Mas eu poderia muito bem assinar uma promissória, Peachey! E quando eu voltasse da Índia, Philip, coisa que só deverá acontecer daqui a uns dois anos...

Pela porta entreaberta, January viu o pai se levantar bruscamente.

— Nem agora nem daqui a dois anos, Daniel. Minha filha não é uma mercadoria da Companhia das Índias para ser comercializada. Temos outros planos para ela.

— Mas eu não considero sua filha uma mercadoria, Philip — disse o homem, que agora ela conseguia ver perto do pai, colocando a mão no ombro dele. — E sim uma joia rara, uma princesa. Sim, uma princesa! É como eu a trataria!

— Mesmo assim — disse James, escoltando os homens para fora do escritório. January pulou do degrau em que estava sentada e subiu correndo. Ainda conseguiu ouvir mais algumas palavras de Dravot:

— Não tenho fundos agora, mas eu e o Peachey aqui temos planos de explorar regiões mais distantes em busca de, digamos, melhores condições financeiras. Já ouviu falar no Kafiristão?

Naquela noite ela custou muito a dormir. Sabia que seu pai era um homem honesto, e se dissera àqueles sujeitos que ela não era uma mercadoria, era porque acreditava nisso. Mas January sabia que nem todos os pais eram assim tão compreensivos. Ela própria testemunhara isso em sua escola para moças, não uma, mas várias vezes, ao ver colegas de sua idade ou pouco mais deixarem o estudo para se casarem com homens bem mais velhos. E não por vontade própria.

Mas ela lembrava bem das últimas palavras do pai ao tenente Dravot.
Temos outros planos para ela.

Que alegria! Fechou os olhos e ficou algum tempo devaneando, imaginando quais seriam esses planos.

Então, ouviu um barulho na porta. January abriu os olhos, mas em seguida os fechou, com medo de que a pessoa visse que ela estava acordada. Talvez fosse sua mãe? Ela não costumava entrar no seu quarto à noite. Mas também January não tinha o hábito — pelo menos não tão frequente — de assaltar a cozinha. E muito menos de ouvir conversas alheias. Será que ela tinha visto a filha ali na escada e estava passando agora para ralhar com ela?

De algum modo, porém, January sabia que não era sua mãe. A silhueta alta e magra recortada contra a luz do corredor deixou isso bem claro aos seus olhos entreabertos. E, ela não sabia explicar o porquê, mas estava sentindo algo estranho. Uma empolgação, ou uma espécie de excitação.

E essa excitação estava se manifestando num lugar muito peculiar: entre suas pernas.

Seus olhos se arregalaram sem que ela pudesse se controlar. Porque o que ela estava sentindo era algo impossível.

Uma coisa grande e dura, muito dura, no meio de suas pernas. Uma coisa que não estava lá até poucos minutos antes.

Ela sabia o que era um pênis, embora nunca tivesse tido uma educação formal em matéria de sexualidade humana. Mas pelo menos dois incidentes no passado a haviam despertado para as diferenças entre machos e fêmeas de diferentes espécies: uma tarde no campo em Hertfordshire em que viu um boi cobrir uma vaca (e ela conseguiu ver o ato com detalhes antes que sua mãe percebesse o que estava acontecendo e a retirasse dali discreta porém rapidamente), e um velho se banhando nu à beira do Ganges. Dessa vez foi seu pai quem a afastou dali.

Em ambos os casos, mas em particular no indiano, ela tinha visto o suficiente para entender que o que tinha agora entre suas pernas era de fato um pênis.

E enquanto o rapaz — porque, mesmo sem ainda divisar o rosto ou o corpo da pessoa, ela sabia que era um rapaz — fechava a porta devagar, tentando em vão evitar o rangido das dobradiças, a excitação de January aumentava cada vez mais, junto a um certo nervosismo de não estar entendendo nada e que rapidamente se transformava em desespero, até o momento em que ela afastou as cobertas e deixou o rapaz se deitar ao seu lado e então...

Abriu os olhos. A luz da aurora começava a se infiltrar pela janela do quarto. Assustada, January sentiu as pernas molhadas e quentes. Pulou da cama e viu a mancha de sangue. Não conseguiu conter um estremecimento.

— Que pesadelo terrível — ela disse baixinho.

— Não foi bem um pesadelo — disse uma voz atrás dela.

January soltou um grito de terror e deu um pulo para o outro lado do quarto. Agora ela tinha certeza de que havia se urinado.

O corpo ao qual pertencia a voz era de uma mulher. Isso deixou January mais calma, mas ainda atenta. Olhou para a porta.

— Fique tranquila. Não vou lhe fazer mal algum.

— Quem é você? Como é que você entrou?

A mulher sorriu. Aparentava ser bem mais velha que sua mãe, que tinha vinte e nove anos, mas ela não saberia dizer de quanto seria a diferença de idade. Tinha cabelos pretos compridos, presos num coque no alto da cabeça, mas com cachos caindo pelas laterais, na frente das orelhas. Vestia algo que parecia com os trajes da Grécia Antiga que January só tinha visto antes em livros e museus.

— Eu não sou ninguém importante — ela respondeu. — Só passei por aqui para dizer que ainda não chegou a sua hora.

January arregalou os olhos.

— Você é a... — Voltou a tremer, e precisou de um grande esforço para completar a frase. — ...a morte?

A mulher riu. O riso pareceu a January uma fonte de água cristalina, muito embora ela não entendesse bem por que havia pensado nessa metáfora.

— Não. Por que pensou isso? Eu estou bem viva. Só pertencemos a épocas diferentes. Como o homem com o qual você sonhou.

— Então aquilo foi só um sonho mesmo? — January perguntou, um pouco mais aliviada.

— Digamos que foi um eco. Uma lembrança de outro tempo.

— Como assim?

— Não posso falar mais. Eu não deveria estar aqui.

— Por que não?

— Porque, como eu já disse, ainda não é a sua hora. Mas não vou subestimar a sua inteligência. Você tem um dom especial e, quando chegar o momento certo, será instruída para utilizá-lo de forma adequada.

— E qual é esse dom?

— Somos viajantes dos sonhos — disse a mulher. — Mas existe um nome mais adequado, que distingue esses viajantes pelo que são.

— E que nome é esse?

— Oneironautas. — E a mulher estalou os dedos.

January estava deitada na cama novamente. E novamente sentiu as pernas molhadas. Mas, quando se levantou, a mancha de menstruação não era tão grande. Foi correndo se lavar, torcendo para que, agora sim, estivesse acordada.

Mas, acordada ou em estado de sonho, ela logo perceberia que algo havia mudado para sempre em sua vida. E não apenas no corpo.

January Purcell ainda não sabia, mas esse era apenas o começo de suas aventuras.

1888

Capítulo um

Um moço muito branco

"Em essência, existem três tipos de sonhos. O tipo mais comum é o que chamamos de sonho normal, cheio de imagens da memória e do pensamento inconsciente. Nesse tipo de sonho, o sonhador não sabe que está sonhando. Todo ser em todas as realidades conhecidas é capaz de ter tais sonhos. O segundo tipo é o sonho lúcido, onde as coisas parecem mais concretas e coerentes. Nesse tipo de sonho, o sonhador sabe que está sonhando e, em alguns casos, pode acordar espontaneamente à vontade. A maioria dos seres humanos em todos os universos pode ter tais sonhos. O terceiro tipo é acessível apenas por um punhado de pessoas; é o tipo de sonho que requer não apenas que o sonhador esteja consciente, mas também que ele saiba que está entrando em uma dimensão neutra (o Existir) e de lá pode, à sua vontade, entrar em diferentes realidades, que não são sonhos, mas mundos que de fato existem. Esse tipo particular de sonhador é um oneironauta, ou viajante dos sonhos."

In Libro Somnium

Menos de uma semana antes da invasão marciana, January Purcell estava a caminho de Camden quando o céu desabou novamente.

Ela nunca se acostumou com a sensação de uma montanha caindo com força total em sua cabeça. Mas não tinha como evitar. O bom era que ela estava sozinha dentro de um cabriolé, e ninguém a viu bater a cabeça no painel traseiro da cabine e quase desmaiar com a dor que parecia vir de dentro da caixa craniana.

Memórias novas, foi tudo o que conseguiu pensar, reconhecendo a sensação. Fechou os olhos e respirou fundo, deixando o pulso desacelerar e entrando em um transe de meditação. Ela levaria algum tempo para absorver todas as informações que acabara de receber de sua contraparte em outra realidade.

Um tempo que ela não teria agora. O táxi parou bem na frente de seu destino.

A imponente casa na Great Russell Street, 77, já havia sido ocupada pelo famoso arquiteto Thomas Henry Wyatt, que projetou casas, reitorias e hospitais em toda a Inglaterra. E igrejas, muitas igrejas. Mas aquela casa não era um de seus projetos, infelizmente.

Mesmo assim, era uma bela construção. Ela sabia que Percy Bysshe Shelley, o grande poeta romântico, havia morado em algum lugar naquela mesma rua. Não que isso fosse de grande importância para ela, que era mais fã de sua esposa, a escritora Mary Shelley, autora de *Frankenstein* e também de um dos livros de ficção prediletos de January, *O último homem*. Teria Mary morado ali também com Percy? Esse detalhe ela não sabia, mas, de qualquer maneira, ela bem que gostaria de saber qual daquelas casas haveria abrigado o poeta (e quem sabe o gênio da literatura que fora sua esposa). Mas ela não tinha tempo para essas buscas inúteis. January subiu o pequeno lance de escadas e bateu à porta.

Apresentou-se à governanta, uma senhora baixa e atarracada com cara de maus bofes, e foi logo conduzida ao escritório, onde seu patrão a esperava.

O dr. David Robert Jones era um homem impressionante: alto, magro e de pele muito branca, com cabelos louros bem cortados e penteados. Estava sentado em uma poltrona perto da lareira e parecia estar confortável, mas as costas incrivelmente retas — como o remo de um gondoleiro de Veneza, January observou, lembrando-se de um caso particularmente interessante de seu passado — traíam uma curiosa rigidez.

Estava vestido com grande elegância, como se estivesse de saída para um sarau na casa de alguma *patronesse* das artes. A gravata bufante de seda esmeralda combinava com o impressionante — e um tanto ousado — terno verde num tom pouco mais escuro. O colete da cor de ouro velho combinava com o tom de seus cabelos.

Nas mãos brancas, de unhas bem-feitas e com veias de um azul tão marcante que lembrava as casas de algum vilarejo grego, o cientista impecavelmente vestido segurava um livro com capa de couro vermelho e gravadas em ouro: *Filosofia do Vedanta*, de Swami Vivekananda.

Antes da reunião, January tivera acesso a uma biografia do dr. Jones. Não a biografia completa, mas isso apenas porque ela não pôde ler o *Livro das Lendas*: o fato de que ele ainda não havia morrido não servia de impedimento para que ela ficasse a par de tudo o que havia acontecido e também o que estava por acontecer na vida dele — inclusive a data e a causa de sua morte.

Entre os poucos dados de que ela conseguira se apoderar na véspera, estava o de que aparentemente o dr. Jones teria direito a um título hereditário de duque, mas por algum motivo ele não possuía essa honraria. Tanto melhor, ela pensou: se esse homem fosse um duque — um duque magro e muito branco —, January poderia não ter tido tanta facilidade para entrar em contato com ele.

— Obrigado, sra. Hartnell — disse o dr. Jones, dispensando a governanta. — Por favor, srta. Purcell, queira se sentar. — Ele fez um gesto na direção de outra poltrona idêntica à sua frente. Fechou o livro com cuidado, quase como se sentisse vergonha dele. — Não pense menos de mim por causa de minhas leituras. Posso garantir que cada coisa que leio tem um propósito.

January se sentou, com um sorriso também meio envergonhado, mas que, ao contrário do gesto do dr. Jones, havia sido estudado para provocar um efeito de simpatia no interlocutor.

— Eu jamais pensaria mal do senhor, dr. Jones. Pelo contrário: sou uma grande admiradora do seu trabalho.

— Mesmo? E como a senhorita conhece meu trabalho? — Ele parecia curioso.

— Seu nome é bastante conhecido em determinados círculos. — Ela evitou responder diretamente à pergunta por enquanto. Afinal, ele ainda não era tão famoso, e ela tinha que ter muito cuidado com as informações que poderia revelar. — Vi um anúncio no Museu Britânico em que o senhor solicitava assistentes para um projeto importante. E cá estou.

Ele a olhou atentamente. Deixando o livro de lado, cruzou as pernas — pernas longas, longas e finas como patas de aranha — e juntou as pontas dos dedos. January então percebeu que nele também cada gesto era cuidadosamente pensado antes da execução.

— Em que capacidade?

— Estudei geologia no King's College com o professor Charles Lyell.

O dr. Jones ergueu uma sobrancelha, inclinando a cabeça minimamente.

— É mesmo? Mas ele morreu há dez anos, e a senhorita parece tão jovem.

Charles Lyell, o mais famoso geólogo do Reino Unido, e, por extensão, do mundo inteiro, havia morrido em 1875. Não era impossível que January tivesse estudado com ele, mas ela teria de ter entrado para a universidade antes de atingir a maioridade, coisa que, se não era impossível, era tremendamente improvável para uma mulher no século XIX. Mas agora ela percebia — ou melhor, confirmava — que o dr. Jones era mais observador que os homens em geral. Fez uma anotação mental para referência futura.

— Na verdade, o professor faleceu há treze anos — ela o corrigiu, acrescentando com um leve sorriso: — Sou mais velha do que aparento. — E, antes que ele pudesse dizer qualquer coisa, ela continuou: — Como ele não está mais conosco, devo dizer que também tenho documentação comprobatória de Oxford, que terei o maior prazer em apresentar caso o senhor queira uma prova.

Ele balançou a cabeça.

— Não, minha cara, não será necessário. Estou muito mais interessado nas aplicações práticas da ciência. Documentos não são tão importantes.

Ela assentiu.

— Estou disposta e apta a ajudá-lo com experiências e qualquer tipo de trabalho científico.

— Excelente! — ele exclamou. E, subitamente: — Por que as pessoas lutam em guerras, srta. Purcell?

Ela ficou intrigada com a pergunta fora de contexto, mas de alguma forma já esperava esse tipo de comportamento imprevisível, então respondeu:

— Pessoas não, dr. Jones. Nações.

— Exatamente — disse ele, aparentemente satisfeito com a resposta igualmente súbita dela. — Nações fazem guerra, não pessoas. Elas fazem isso para permanecer como estão. Nações ocupam territórios, escravizam pessoas, comandam recursos a seu bel-prazer. E esses recursos são o que fazem as nações, essencialmente. Se uma nação tem mais de um determinado recurso, algo de que outras nações precisam desesperadamente, ela é uma nação rica.

— Mas depende de que tipo de recurso estamos falando — disse ela. — As Ilhas Britânicas são muito pobres em agricultura, por exemplo.

— É verdade. Por outro lado, esta é uma nação extremamente boa em fazer a guerra — Sua voz saiu um tanto abafada. January pensou ter ouvido um tom de tristeza. — As armas permitiram que nos tornássemos um império. E que, por conseguinte, nos apropriássemos da agricultura mais fértil de outras nações.

Então January decidiu arriscar uma opinião mais polêmica.

— Essa é a mentalidade colonial — ela disse. — Expansão, aquisição de territórios e apropriação de bens, quando não de pessoas.

O dr. Jones começou a balançar bem devagar a cabeça, em sinal de aprovação.

— Vejo que pensamos parecido, srta. Purcell.

— Eu não esperaria que nossa conversa fosse diferente, dr. Jones — ela disse, aliviada e cada vez mais interessada naquele homem intrigante.

— A senhorita sabe o que é Vedanta?

Ela balançou a cabeça negativamente, mentindo no gesto, ainda que não em palavras. January conhecia a Índia e tinha uma certa afinidade com o budismo e outros sistemas de pensamento do Oriente, mas era importante ouvir o que o dr. Jones tinha a dizer. Precisava reunir mais informações sobre ele.

— Resumindo de modo muito modesto, essa filosofia indiana nos ensina muitas coisas, entre as quais o fato de que o serviço à humanidade é um serviço para si mesmo. Ou seja, o homem deve ajudar seus semelhantes, e não os impedir sob qualquer falácia, como superioridade de raça, sexo e finanças. — Ele se inclinou para a frente e levou a mão ao rosto. — Está vendo este olho, srta. Purcell?

January via perfeitamente. O olho direito de Jones, para o qual ele apontava, era castanho. O esquerdo, entretanto, era azul, e essa não era a única diferença entre eles. A pupila do olho direito do dr. Jones parecia permanentemente dilatada, ao passo que a do outro era de tamanho normal.

— Fui atacado por um bandido no Afeganistão — disse ele. — Uma coisa pavorosa. Um *thug* que me agrediu com uma adaga cerimonial e quase furou meu olho. Ele era apenas um rapaz. Um rapaz insano, receio. Eu quase perdi a visão desse olho, mas isso não tem importância. Não guardo nenhum rancor em relação ao rapaz. Na verdade, não posso culpá-lo. Mas culpo a política. Se tivéssemos cuidado de nossos próprios negócios e os deixássemos cuidar dos deles, nada disso teria acontecido. — Então, novamente mudando de assunto, acrescentou: — Vê este quadro? — E apontou para a parede à sua esquerda.

Era um quadro pequeno, um óleo sobre tela em tons verde-azulados que mostrava um trem dentro de uma estação, com muita fumaça saindo de sua chaminé e também ao redor. Havia pessoas na plataforma, mas eram todas muito indistintas. January reconhecia o estilo como sendo impressionista, mas não sabia de quem era a autoria do quadro.

— É uma pintura de Claude Monet, um francês inteligentíssimo que conheci em Paris alguns anos atrás — ele se prontificou a explicar. — *Chegada do trem da Normandia, Gare Saint-Lazare*. Ele faz um uso muito consistente do viridiano. Está familiarizada com essa cor?

January não só conhecia aquela cor como já havia visto o quadro, de certa forma. No futuro, ele estaria exposto nos Estados Unidos, mais exatamente no Art Institute of Chicago. Mas cada coisa a seu tempo.

— Sim — ela respondeu. — É um verde mais próximo do azul. Foi criado por Pannetier em 1836 porque o verde-esmeralda tinha altos teores de arsênico. Verde-esmeralda, aliás, é o tom da gravata que o senhor está usando.

A risada do dr. Jones foi tão súbita quanto surpreendente. Aos ouvidos de January, ela soou incrivelmente musical.

— Digamos que eu gosto de viver perigosamente, srta. Purcell. De qualquer maneira, a cor é fundamental para ajudar na impressão que o artista queria passar.

— E qual seria essa impressão, dr. Jones?

— Neste caso específico? Mal-estar. O verde-esmeralda jamais se prestaria a passar uma sensação dessas, não só porque é muito vívido, mas também porque tem a tendência de escurecer demais ao ser misturado com pigmentos que contêm sulfuretos, como amarelo de cádmio e azul ultramarino. Mas o viridiano é estável. Ele resiste à luz e à mistura com outros tons, e por isso é o ideal para transmitir o mal-estar gerado nas pessoas pela fumaça do carvão que assola nosso mundo.

Até aqui, tudo bem, pensou January. Ela agora já conseguia ter uma ideia razoável do que ele diria a seguir.

— Desde meu retorno à Inglaterra, tenho buscado maneiras de tornar o mundo melhor, e uma de minhas muitas empreitadas está relacionada à pesquisa de novas e eficientes fontes de energia. Carvão é nosso maior inimigo hoje, srta. Purcell. Só a mineração é responsável por acabar com milhares de vidas prematuramente. Não só os acidentes, como o do poço de Huskar, a senhorita não deve saber a respeito...

— Em Silkstone, perto de Barnsley, sim. Foi em 1838, depois de uma tempestade violenta que fez um riacho transbordar no desvio de ventilação.

Matou vinte e seis crianças que trabalhavam no subterrâneo, onze meninas e quinze meninos. O desastre chamou a atenção da rainha, o que acabou levando à criação da Lei de Minas de 1842 e proibiu mulheres e meninas de trabalhar no subsolo. — Ela deu de ombros. — O que não impediu os donos das minas de colocarem mulheres disfarçadas de homens para trabalhar por mais alguns anos.

O dr. Jones pareceu agradavelmente surpreso com a demonstração de conhecimento de January.

— Estou impressionado, srta. Purcell. Suponho que não preciso entrar em detalhes sobre a questão da saúde. A neblina terrível provocada pela queima do carvão e que causa tantas doenças. Um verdadeiro cientista não pode atribuir essas terríveis emissões apenas a miasmas.

January assentiu.

— De fato não pode, dr. Jones. Devo supor que o senhor descobriu uma nova fonte, então?

O dr. Jones deu um leve sorriso.

— Talvez, srta. Purcell, talvez. Poderia me fazer a gentileza de voltar aqui amanhã de manhã? Vou reunir os outros cérebros e armas que juntei para este empreendimento. Por favor, esteja aqui às dez em ponto. — Ele se levantou. — Agora, se me der licença, preciso sair, tenho outros negócios para resolver. A senhorita precisa de uma carona?

— Não, dr. Jones, obrigada. É uma bela noite. Prefiro ir andando para casa.

Capítulo dois

Uma oneironauta

"Todo ser tem uma contraparte em todas as realidades conhecidas. O foco aqui são os humanos, em particular os oneironautas, mas supõe-se que até mesmo os animais tenham contrapartes. Normalmente não há lembrança, nem fluxo ininterrupto de consciência entre as realidades, então uma pessoa está sozinha apenas com seus próprios pensamentos em qualquer momento em uma realidade particular. No entanto, toda vez que um oneironauta faz a passagem, ele retém as memórias de sua 'encarnação' anterior, por assim dizer, durante sua missão. Não está claro se este é um processo natural ou algo inventado pela Ordem Superior."

Livro das regras oníricas

A casa de January em Marylebone ficava a uma longa caminhada da Great Russell Street, mas ela decidiu voltar para casa a pé mesmo assim, para refletir melhor sobre o que acabara de vivenciar. Caminhou o mais devagar que pôde, absorvendo as imagens, sons e pensamentos recém-impressos de sua contraparte, como se seu cérebro fosse uma esponja.

Quando adentrou sua residência na Marylebone Road, as coisas já estavam resolvidas na sua cabeça. Foi até a cozinha, pegou uma panela pequena e os ingredientes para um masala chai. Rapidamente o cheiro do cardamomo e do cravo invadiu a cozinha. A governanta nem apareceu; sabia muito bem que January gostava de preparar sua bebida favorita sozinha.

Depois de coar a mistura num bule de porcelana — herança de sua mãe —, colocou bule e xícara numa bandeja e subiu para o silêncio de seu escritório.

Depositou a bandeja em cima da escrivaninha e se sentou na sua cadeira favorita. A Windsor preta, de espaldar ligeiramente inclinado e com braços, permitia que ela descansasse e tomasse o chai com calma, apreciando a paisagem externa pela janela — ela gostava de ver os telhados de Londres — e também a interna, representada pelas estantes repletas de livros.

Elas cobriam três paredes do escritório de alto a baixo. De onde estava, sorvendo o chai, ela via os três grossos volumes da *Teoria da Terra*, de James Hutton, *Os princípios da geologia* (também em três volumes, algo que ela sempre achara curioso, mas entendendo perfeitamente a necessidade de contar uma boa história em três partes), de seu professor, Charles Lyell, e *Da beleza das montanhas*, de John Ruskin, que ela gostava muito de abrir ao acaso, pois sempre encontrava alguma bela passagem escrita pela mão talentosa do dramaturgo. Sobre sua mesa de trabalho estavam dispostas várias pedras, que ela coletara ao longo da vida em diferentes locais: o quartzo rosa e o basalto das colinas da Escócia, ônix do Rajastão, pedra-sabão do Brasil. Ela gostava de admirar as rochas, de tocá-las e examiná-las bem de perto. Elas tinham história. E faziam parte da história de January.

Ela amava geologia, montanhas e literatura em igual medida. E percebera o mesmo tipo de ardor no dr. Jones.

Ele parecia ser um homem bem interessante, o que ela já esperava, porque todas as informações que havia recebido de sua contraparte no futuro haviam dado a entender isso. Pelo menos em termos da própria contraparte de Jones naquela outra realidade, que era famoso mundialmente e considerado uma espécie de gênio, ainda que não um cientista. Mas ela não tinha mais nenhuma dúvida de que estivera diante de um homem notável, e isso era ela mesma quem afirmava, não uma contraparte de outra época e gênero: durante a breve reunião, January conseguiu em alguns momentos dar uma olhadela nas prateleiras do gabinete dele.

O espaço continha uma biblioteca pequena, mas assaz interessante: January lembrava-se de títulos de Jules Verne e H. G. Wells, assim como de Bernard Shaw, Oscar Wilde, Edward Bellamy. O que seria de se esperar para um homem culto do século XIX, na verdade, até aí nada de especial.

Mas o que a intrigou foi o restante dos livros que cercavam as fábulas, peças, viagens extraordinárias e romances científicos. Havia volumes das mais diversas ciências: engenharia, mecânica, física e medicina; geologia, espeleologia e meteorologia; cartografia, arqueologia, paleontologia; e um punhado de livros sobre religiões do Oriente. O dr. Robert Jones parecia ser um polímata da mais alta ordem. Mas até aí, ela pensou com um sorriso, isso também era de se esperar: todo oneironauta era um polímata em potencial — inclusive ela.

Os olhos dele eram bastante curiosos. Será que seu olhar intenso era um efeito inesperado do acidente? Mesmo assim, não havia dúvida de que Jones sabia muito bem como usar sua deficiência, porque seu olho era exatamente o que ele disse a ela que era. Um olho natural, ainda que um pouco danificado. Não um substituto mecânico, tampouco um dispositivo de outro mundo. Se fosse isso, January teria detectado.

Mas os sinais espalhados pela sala eram claros: Robert Jones era um deles. Ele era um oneironauta, mesmo que ainda não soubesse disso. E deveria ser protegido a todo custo. Essa era a natureza do Longo Jogo. Que era uma extensão do Grande Jogo.

Se você perguntasse a qualquer pessoa no Reino Unido o que era o Grande Jogo, a maioria esmagadora responderia algo relacionado aos jogos de azar com cartas e dados. Os franceses já usavam a expressão *Le grand jeu* desde o século XVI, com esse mesmo significado.

Diplomatas, no entanto, conheciam outra acepção do termo.

— É um grande e nobre jogo — Sir Philip Purcell disse uma noite, enquanto tomava um brandy na varanda de sua casa em Delhi, dez anos atrás. — Foi o que o capitão Conolly disse ao major Rawlinson numa carta.

Ao seu lado, January ouvia concentrada o pai, sem a menor vontade de tomar o licor de menta que lhe tinha sido servido. Preferia mesmo era tomar o mesmo conhaque forte que seu pai saboreava, e se possível fumar uma cigarrilha. Mas, embora Sir Philip amasse muito sua filha e lhe fizesse as vontades, ele ainda era um homem, e achava que sabia o que era adequado ou não para uma mulher. Desde cedo sua filha percebeu que era melhor evitar discussões e estar junto de seu pai sempre que possível. Gostava de ouvi-lo falar de suas missões diplomáticas. Aprendia muito assim.

Naquele momento, aos dezessete anos, January estava pela segunda vez na Índia acompanhando seus pais. E agora começava a entender melhor muitas coisas da vida — inclusive o tal Grande Jogo.

Jogo esse que constituía praticamente toda a geopolítica do Império Britânico durante o século XIX (e, até onde ela sabia, além). O termo havia sido criado por Arthur Conolly, oficial de inteligência da Sexta Cavalaria Ligeira de Bengala, pertencente à Companhia Britânica das Índias Orientais. Conolly entendia que a complexidade das disputas territoriais entre os Impérios Britânico e Russo na região da Ásia Central era como um jogo de tabuleiro, talvez um jogo de xadrez, em que se traçavam estratégias e, quando necessário, sacrificavam peças.

Não era uma metáfora perfeita. Do lado do Império Britânico era mais fácil visualizar a composição de um tabuleiro de xadrez, onde os peões e alguns oficiais fariam de tudo para proteger a rainha, que era, claro, Alexandrina Victoria, rainha do Reino Unido da Grã-Bretanha e da Irlanda, e imperatriz da Índia. Do lado do Império Russo, a importância era mais concentrada no rei, no caso o czar Alexandre III, imperador da Rússia, rei da Polônia do Congresso e grão-duque da Finlândia. O papel dos peões e oficiais também era um pouco mais obscuro. Na verdade, quase tudo no Grande Jogo era obscuro: território de agentes secretos e suas maquinações.

Naquela noite, Sir Philip deu a January uma aula de História.

— Tudo começou — disse ele — no dia 12 de janeiro de 1830, quando lorde Ellenborough, presidente do Conselho de Controle da Índia, deu ao governador-geral daquele país, lorde Bentinck, a missão de estabelecer uma rota comercial para o Emirado de Bukhara. O objetivo da Grã-Bretanha era criar um protetorado no Afeganistão, e apoiar o Império Otomano, junto a Pérsia, Bukhara e ao Canato de Quiva, como uma espécie de muralha de contenção contra a expansão dos russos. Isso protegeria a Índia e as principais rotas marítimas comerciais britânicas, impedindo que a Rússia obtivesse um porto no Golfo Pérsico ou no Oceano Índico.

— Quer dizer que tudo isso é para evitar que a Rússia ocupe mais territórios? — ela perguntou, começando a entender um pouco mais a situação.

— Na verdade, é um pouco mais complexo que isso. Sabe, filha, impérios não se constroem somente à base de invasões, mas também de acordos. Nossa presença no Afeganistão acontece porque os afegãos precisam de ajuda humanitária, e eles entendem que os ingleses podem fornecê-la de maneira mais eficiente que os russos.

— Mas há uma troca aí — January retrucou. — A rainha não faz isso apenas pelo seu bom coração. Ela também precisa de terras, e de gente para cultivá-las.

Sir Philip riu.

— Você é muito perspicaz, January. Eu devia ter deixado você em Oxford.

— Eu era jovem demais. Pelo menos foi o que me disseram.

— Sir Charles gostava de você. Disse que você foi sua melhor aluna no curso de verão. Mesmo aos quatorze anos você demonstrou uma inteligência acima da média dos outros estudantes.

— Entre os rapazes de lá isso não era difícil...

Dessa vez Sir Philip soltou uma gostosa gargalhada.

— E foi também por esse motivo que não insistiram em sua permanência lá. Nas cabeças velhas deles, mulheres rebaixariam o nível da instituição. Mas nós sabemos que não é bem assim, certo?

— Pena que Sir Charles não está mais entre nós. Talvez eu pudesse ter continuado meus estudos lá.

— Ele foi um ótimo professor, não?

— Sim — ela disse, olhando séria para o pai. — Mas não foi meu melhor professor.

Sir Philip sorriu e abraçou a filha.

January havia estudado apenas três meses com Charles Lyell, mas foi tempo suficiente para fazer dela uma apaixonada por geologia e tudo o que essa ciência relativamente nova envolvia. Antes de ser geólogo, Lyell teve uma sólida formação como advogado, o que emprestava clareza e elegância ao seu estilo de lecionar e escrever. Isso, somado aos passeios de campo até as *highlands* escocesas, despertou em January um amor imenso pelo que Lyell chamava de *deep past*, um passado não só distante como realmente profundo, inclusive nas camadas de terra e pedra, que tornava possível avaliar a idade das cadeias de montanhas, por exemplo, além de entender como elas haviam se formado. January gostava muito da experiência de olhar pela beirada do "abismo do tempo", outra expressão que Lyell adorava usar.

— Esse é um conceito muito útil para nós, viajantes dos sonhos — disse-lhe Hipátia horas depois, quando já tinha se recolhido. January tinha ido dormir e, como acontecia de tempos em tempos, foi despertada por sua instrutora.

Despertada não era bem a palavra exata. Afinal, January estava consciente, mas, embora seu corpo ainda estivesse dormindo na casa indiana, sua consciência estava em outro lugar. Era uma sala de estudos do que parecia ser uma biblioteca, mas que continha paredes com nichos repletos de rolos em vez de livros.

Era para lá que sua instrutora a levava sempre que queria lhe ensinar algo. Uma instrutora que agora tinha nome: Hipátia. Quando ela se apresentou, meses depois da noite de sua menarca, January lhe perguntou se ela era a mesma Hipátia filósofa e professora em Alexandria no século V depois de Cristo. A mulher apenas sorriu. A julgar por suas roupas e pelo ambiente onde estavam, a resposta era óbvia.

Sete anos haviam se passado, e muita coisa havia acontecido na vida de January, tanto desperta quanto no mundo dos sonhos. Na esfera cotidiana, ela continuou estudando na escola para moças por mais um tempo, até que seu pai decidiu que ela deveria ter uma educação mais condizente com sua inteligência, e não com o que a sociedade esperava dela. Foi aí que ele a matriculou em uma série de cursos em Oxford, sempre utilizando de sua influência diplomática para fazer com que a filha fosse admitida em disciplinas não necessariamente proibidas para as mulheres, mas cujo acesso até então não lhes era franqueado de boa vontade.

Depois disso, Sir Philip fora convocado para assumir um posto em Delhi, na Índia, e levou a família junto. A partir daí, January começou a ser educada em casa, no começo por uma preceptora, mas depois com mais liberdade para estudar assuntos que a interessavam.

Quanto ao mundo dos sonhos, Hipátia a acompanhava por toda parte. Não importava para onde January fosse na Terra. Foi uma das primeiras coisas que ela aprendeu como oneironauta: *as viagens dentro dos sonhos não têm limites*.

— Fale-me do Grande Jogo — January pediu naquela noite.

— É curioso como para os homens a guerra é um jogo. É uma visão imatura e, eu diria, irresponsável.

— Mas é a visão que governa o mundo.

— É verdade. — Hipátia assentiu com tristeza. — O que não quer dizer que seja a visão correta. Homens e mulheres partilham deste mundo. Sem nós, os homens não existiriam.

— Mas, sem eles, não teríamos como dar à luz, nem homens nem mulheres.

— Por enquanto, January. Por enquanto.

January não ousou perguntar mais sobre isso. Hipátia jamais falava sobre o futuro, a não ser quando envolvia algum sonho de sua aluna. Será que já sabia o que iria lhe acontecer? O linchamento nas mãos da turba de cristãos enfurecidos ao sair do museu onde lecionava? Disso ela também jamais falou com sua instrutora.

— Mas e o Grande Jogo? — ela insistiu. Melhor continuar por essa trilha, ela pensou.

— Eu prefiro outra expressão. O Torneio de Sombras.

— Mas um torneio também é uma espécie de jogo.

— Sim, mas um jogo onde todos competem contra todos, e sempre às escondidas. Pelo menos o nome é mais honesto.

— E nós também competimos?

Hipátia se sentou ao seu lado.

— Minha querida, nós estamos sempre competindo. Somos o que no seu tempo se chama de *agentes secretos*. Mas a competição não é apenas geográfica. O nosso Torneio de Sombras é na verdade um Longo Jogo.

— Porque viajamos no tempo — January disse.

Ela ainda não havia lido *A máquina do tempo*, e nem teria como fazer isso no mundo desperto, porque o livro de H. G. Wells só seria publicado em 1895. Mas, se lesse, teria achado graça; graças a Hipátia, ela aprendeu que ninguém consegue viajar no tempo usando máquinas. A única maneira de fazer isso é através do sonho.

— Os sonhos — Hipátia explicou a ela em uma de suas aulas — fazem você saltar sobre as realidades para que possa se tornar outra pessoa. Na verdade, não exatamente outra pessoa, mas sua contraparte em uma linha do tempo alternativa. O que significa que você se torna você mesma em outro mundo, a parte do seu eu que deveria estar lá.

January não entendeu nada.

— Lembra aquele seu "sonho", na noite em que nos conhecemos?

Ela enrubesceu. Procurava não relembrar as sensações daquela noite.

— Eu havia dito a você que aquilo era uma espécie de eco, uma lembrança de outro tempo.

— E como consegui aquilo sem treinamento?

— Toda pessoa com potencial para ser oneironauta tem ocorrências espontâneas. Geralmente na puberdade, como foi o seu caso. Mas, se isso não for reconhecido desde cedo, pode levar a pessoa à loucura. Imagine chegar a um ponto em que você não consegue mais saber quem é você.

January imaginou, e um arrepio percorreu sua espinha.

— Não é uma coisa fácil de fazer: primeiro, o aluno precisa passar por um treinamento severo para manipular o estado de sonho, ou melhor, conhecer suas ondas para melhor navegá-las até o destino planejado. Isso requer tempo e paciência. O primeiro, temos de sobra; e você, tem o segundo?

January sempre achou que tinha paciência de sobra. Mas isso foi até levar aqueles dois tiros no peito.

Capítulo três

Um passado

"Homem, mulher, qual a diferença? Se as pessoas tivessem acesso às suas vidas passadas e percebessem que o homem de hoje foi a mulher de ontem e será a pessoa trans de amanhã, se preocupariam menos com a genitália. Que, como o resto do corpo, só tem um fim. Pois tudo vira pó."

Atribuído a Maitreya

Até os vinte e um anos, January recebia a visita de Hipátia sempre que tinha uma lembrança de outro tempo. Não eram sempre as mesmas lembranças; ora eram ecos do passado, ora do futuro. Hipátia aparecia depois como uma espécie de nota de rodapé — uma metáfora que January achava elegante, mas que a filósofa egípcia desprezava porque não existiam notas de rodapé em rolos de papiro. Mas ela oferecia informações muito úteis sobre o que acontecia com January nesses momentos, e a ajudou a passar pelas crises que alguns desses ecos ocasionavam.

Se a filósofa não tivesse se tornado sua instrutora, January duvidava que pudesse ter mantido a sanidade naquele dia 16 de maio de 1888.

Foi quando ela completou 27 anos de idade. Ela já vivia sozinha então. Sua mãe havia morrido de febre tifoide em 1878, durante mais uma de suas viagens à Índia, enquanto Sir Philip tentava negociar livre passagem britânica para o Afeganistão. E ele desapareceria dois anos mais tarde em Cabul.

January vendeu a mansarda onde moravam e comprou uma casa menor, de dois andares, onde poderia viver com bastante conforto, cercada de livros, que eram a única coisa de valor que ela prezava no mundo. A herança que seu pai lhe deixara era mais que suficiente para não precisar se preocupar com trabalho. O que ela mais queria era poder mergulhar nos estudos. E nas missões como oneironauta.

Para as quais ela poderia ser convocada a qualquer hora do dia ou da noite. Os oneironautas geralmente são chamados à ação quando dormem, mas nem sempre. Eles podem ser alcançados durante seus períodos de vigília por outros agentes, que lhes mostram um sinal de seu cargo para que o reconhecimento seja estabelecido e, em seguida, entregam a tarefa.

Às vezes, no entanto, coisas acontecem ao longo do caminho. Que, no caso do Longo Jogo, nem sempre é linear.

Na noite de seu aniversário, January se deitou cedo. Fazia semanas que ela vinha procurando trabalho sem sucesso. Não que ela precisasse, mas detestava o ócio. Chegou a pensar em se mudar para as *highlands* escocesas, mas sabia que sentiria falta do burburinho de Londres — além do fato de que Hipátia dera a entender várias vezes em suas conversas que a capital do Império era de importância fundamental para uma oneironauta. Então, já que continuaria a residir em Londres, January procuraria tirar o máximo proveito da cidade.

E foi naquela tarde que, durante sua procura por um trabalho relacionado preferencialmente à geologia, encontrou no Museu Britânico um anúncio: o dr. David Robert Jones solicitava assistentes em diversas áreas para um projeto — incluindo geólogos. Anotou o endereço e, ao chegar em casa, mandou um serviçal levar seu cartão de visitas e agendar uma entrevista. Ao receber a resposta de que deveria estar na casa do dr. Jones no dia seguinte pela manhã, separou um vestido apropriado para a ocasião, tomou um banho quente e relaxante e, depois de uma xícara de chá de jasmim, se deitou.

Depois do falecimento dos pais, January havia perdido a vontade de comemorar seu aniversário, que de qualquer maneira sempre fora algo restrito à família. Ela gostava mesmo era de viajar para lugares remotos e subir alguma colina na Escócia, perscrutar algum vale em Gales, enfim, estar mais sozinha e em contato com a natureza e seus processos cronológicos mais lentos. Mas já fazia um tempo que todas as suas viagens mais importantes se davam através dos sonhos. E naquela noite não foi diferente.

Seu sonho mais recorrente era com o homem daquela primeira noite molhada, tantos anos atrás. Agora, graças à orientação de Hipátia, ela conseguia navegar pelo sonho, que na verdade era um eco, uma lembrança de outra vida. A vida de Jerry Pond, agente do MI6 no Ano do Senhor de 1968.

January não sabia, ou não recordava, muita coisa sobre aquela época tão distante no tempo. Ainda se a distância fosse para trás, ela poderia perguntar a alguém mais velho, ou pesquisar numa biblioteca. Mas no futuro? Impossível.

E era um futuro impossível. Carros que trafegavam sem cavalos, aparelhos para falar à distância (telefones, ela lembrava agora), e outra engenhoca através da qual se podia ver imagens de outras pessoas que não estavam lá — televisor? Aparentemente Pond não tinha esse aparelho em casa, apesar de morar num lugar que parecia ser bastante luxuoso para a época em que ele vivia.

Ele. Mesmo depois de tantos anos, ainda era estranho.

— Por que estranho? — Hipátia lhe perguntou um dia, quando ela manifestou essa opinião. — Isso é natural, January. Todos nós já fomos de tudo um dia; homens, mulheres...

— Animais também?

Hipátia deu de ombros.

— Não sei, mas acho que não. Sidarta dizia que sim, mas, se fui um bicho algum dia, não lembro.

— Sidarta? Você conheceu Buda?

— Quer um pouco de vinho?

Hipátia sempre desconversava quando o assunto era ela própria. January nunca forçava uma resposta nesses momentos.

O sonho daquela noite foi ainda mais intenso do que os anteriores com o agente Pond. Mal fechara os olhos e já estava andando num lugar mal iluminado que não conseguia distinguir. Soltou um palavrão tão cabeludo que ela própria levou um susto. Mas, claro, a boca que o proferiu não era a sua.

"Foco, mocinha, foco. Deixe que eu conduzo a dança, ok?"

January sentiu o coração acelerar. Ele estava falando com ela? Isso nunca havia acontecido.

"Às vezes acontece, January", disse a voz grossa e um tanto rouca. "Você ainda não devia estar preparada. Pelo que me lembro, você nunca teve um treinamento direto, certo? Vitorianos de merda, sempre tão hipócritas..."

January queria participar do diálogo, mas estava muito atordoada para falar — ou projetar sua mente, fosse lá o que fosse aquilo.

"Não precisa", a voz de Pond novamente surgiu em seus ouvidos. "Sei que é complicado agora, mas confie em Hipátia. Ela vai explicar tudo depois. Agora seja uma boa menina e me deixe, ok? Eu preciso do máximo de atenção aqui."

January só não o deixou porque não sabia como fazer isso. Mas aquietou sua mente e deixou que Jerry Pond a guiasse dentro do que, agora ela tinha certeza absoluta, não era mais um sonho, e sim uma conexão direta com sua encarnação futura.

E, ao relaxar, começou a entender o que ele estava fazendo ali, no subterrâneo de Londres, mais precisamente no metrô, percorrendo uma linha entre estações. No tempo de January o serviço já existia, mas havia muito menos túneis e eles eram bem mais estreitos. Ela própria morava perto de uma estação, na Marylebone Road, mas não usava esse transporte; sentia um grande incômodo em penetrar naquele mundo subterrâneo.

Sensação que pelo visto não era nem um pouco compartilhada por Jerry Pond. Ela não conseguia enxergar muita coisa, mas sentia o volume da arma, uma Walther PP .32, na mão dele. Sentiu um prazer quase tão grande quanto o da ereção que tivera naquela noite anos atrás, e se espantou com isso. Com o espanto, uma certa tristeza, e não conseguiu deixar de pensar: *Por que os homens gostam tanto de armas? Serei assim tão igual a eles?*

Pond fez uma careta de desgosto.

"Mocinha, você é você e eu sou eu. Vamos parar de elocubrações filosóficas? Tenho uma missão a cumprir aqui."

E January, sendo de alguma forma também Jerry, sabia qual era a missão. Sua contraparte do futuro estava perseguindo um terrorista que planejava explodir várias estações do metrô.

"No episódio anterior", Jerry subitamente murmurou, soltando uma risadinha abafada, "Enoch Powell, o merdinha racista, fez um discurso pavoroso anti-imigração num encontro de conservadores em Birmingham. Esse discurso assanhou um bocado de fascistas, e meus superiores no MI6 acreditam que gente ligada ao National Front pretende destruir o metrô e colocar a culpa em grupos pró-imigrantes."

"E o que mais?", January se pegou pensando.

Ele sorriu.

"Leia minha mente."

Apesar do que ele havia dito antes, ela e ele eram a mesma pessoa — apenas as experiências eram diferentes, pois Jerry Pond estava vivendo coisas que January Purcell ainda não tinha vivido. Mas era para isso que aquele tipo de sonho servia: uma espécie de atualização.

"Seu outro superior trouxe novas informações."

"O diretor do Clube Oneiros me disse que o mentor intelectual do atentado é um oneironauta como nós. E que o objetivo das explosões não tem nada a ver com o discurso de Powell."

Então January se lembrou.

"O Clube Oneiros fica em Westminster. Na Estação Carlton Terrace."

"Que irá para os ares com outras tantas estações se eu não chegar lá a tempo."

Pelo visto o Longo Jogo — ou o Torneio de Sombras, como Hipátia preferia — realmente se estendia além no tempo. Mas entre oneironautas? January sempre achara que eram todos partes de uma imensa Fraternidade, cujo serviço era combater as forças do mal. Ela estava enganada — e Jerry Pond dessa vez não interrompeu seu fluxo de pensamento para corrigi-la.

Porque havia acabado de chegar ao seu destino.

A Estação Carlton Terrace havia sido construída pouco antes da Segunda Guerra Mundial e fechada para servir de abrigo antiaéreo aos moradores da região durante a Blitz em 1940 e 1941. Ela nunca mais reabriria ao público, e as novas gerações nem sabiam de sua existência. Mas os oneironautas sabiam, porque aquela estação era a sede da Biblioteca Onírica.

E ali, entre as estantes contendo não apenas livros de referência, mas também os *Livros das Lendas* de cada oneironauta (alguns dos quais só podiam ser acessados através dos sonhos), Jerry Pond viu o terrorista.

E levou dois tiros no peito.

January despertou com um grito sufocado na garganta. Arregalou os olhos e levou imediatamente as mãos ao peito, mas já sabia que a caixa torácica penetrada pelas balas não era a sua.

Mas como doeu.

— Respire fundo. — Hipátia estava sentada num divã ao lado de sua cama. — Vai passar. Aquele não é seu corpo. Nem mesmo a mente dele é exatamente a sua.

— Mas como foi... — January se sentou na cama e colocou a cabeça entre as pernas. Sua mente sabia que aquele corpo ali também não era o seu, e sim a imagem dele num sonho, mas as sensações eram muito reais para ignorar. — ...como foi que nós conseguimos conversar um com o outro?

— Isso acontece nas primeiras vezes em que as mentes se encontram. A sintonia ainda não está perfeita.

— E isso não interfere? Digo, nos rumos da história?

— Ele vai esquecer isso. Vocês sempre esquecem.

January franziu a testa.

— Então quer dizer que ele está vivo?

— Depende do ângulo sob o qual você examina a questão. Para você, em 1888, ele ainda não nasceu.

— Você entendeu.

Hipátia fechou os olhos e começou a recitar, como se fosse um texto decorado:

— Jerry Pond foi encontrado por sua parceira do MI6 e ex-amante, Anna Antila, que o havia seguido sem que ele soubesse, e levado para um hospital, onde foi operado e permaneceu em estado de coma após a cirurgia. — Abriu os olhos.

— Por quanto tempo ele ficou em coma?

— Isso eu não posso lhe dizer agora.

— E o que é que você pode me dizer?

— Que você finalmente está pronta. — Estalou os dedos.

January acordou em seu quarto, exausta. Mas agora as lembranças futuras de Jerry Pond começavam a vir como uma avalanche, descendo velozes e caindo sobre sua cabeça de forma aterradora e magnífica.

Ela agora sabia o que fazer. Havia acabado de receber sua primeira missão como oneironauta.

Capítulo quatro

Uma contraparte

"Para os propósitos da Fraternidade, o termo *lenda* não tem a ver com o significado que lhe é atribuído tradicionalmente, ou seja, uma narrativa fantasiosa transmitida de forma oral através dos tempos, que muitas vezes assume o caráter de mito. No jargão dos agentes secretos — e o que é um oneironauta senão o agente mais secreto de todos, capaz de jogar dois jogos ao mesmo tempo e sobrepujar qualquer agente envolvido apenas no Grande Jogo? —, *lenda* quer dizer uma identidade falsa, criada nos mínimos detalhes para convencer qualquer pessoa ao redor do agente de que aquele é seu verdadeiro eu. Em alguns casos, uma lenda pode convencer até mesmo o agente de que seu eu antigo, aquele que lhe pertencia no momento do nascimento, é falso, e a identidade criada é, sim, a verdadeira.

No caso das contrapartes, não é necessário tanto trabalho. Um oneironauta — desde que tenha o treinamento adequado — é capaz simplesmente de se lembrar de suas contrapartes imediatas. Há quem chame as contrapartes de *vidas passadas*, mas esse termo não é correto, visto que um oneironauta pode acessar contrapartes tanto do passado quanto do futuro. De qualquer maneira, não é necessário inventar aquilo que já existe."

Livro das Lendas

January nunca entrou na Biblioteca Onírica.

Ou melhor, ela jamais havia adentrado a biblioteca física, localizada na antiga (ou futura) estação de metrô, no subsolo do Clube Oneiros. Em 1888, ela provavelmente ficava dentro do próprio prédio do clube, mas ela também nunca pusera os pés ali.

Mas a extensão da biblioteca no mundo dos sonhos, ah, essa ela tivera a honra de visitar, ainda que somente como Jerry Pond. Porque agora ela se lembrava de tudo.

Ali, ainda deitada depois do sonho dos tiros no peito (massageou a região entre os seios ao se lembrar da sensação terrível), January começou a repassar na mente os dados referentes à sua missão.

Bastava fechar os olhos para visualizar tudo. As imagens não eram tão nítidas, porque era a lembrança de um sonho — sonhado por Jerry Pond, e não por January Purcell. Nele, Jerry estava sentado em frente a uma mesa de madeira encerada de aspecto antigo — do século XIX, talvez, ou até mesmo anterior —, consultando um livro grande e pesado com capa de couro vermelho.

January/Jerry sabia onde estava. Era a Biblioteca Onírica, e aquele era o ano de 1968.

Era um espaço grande, não muito diferente do subsolo que January vira no sonho dos tiros, tomado por dezenas de estantes de carvalho forradas de livros. Uma piada interna que circulava na época de Jerry comparava a Biblioteca Onírica à Biblioteca de Babel, descrita num conto de Jorge Luis Borges. Jerry nunca achou graça, até porque nunca tinha lido nada do escritor peruano (ou seria argentino? January também não sabia dizer, mas sabia que o sujeito só nasceria no fim do século XIX, portanto ela jamais encontraria um livro dele em sua própria época para tirar a dúvida).

De qualquer maneira, a Biblioteca Onírica, ao contrário da outra, existia — e por isso era tão valiosa. Ali mesmo, no fim do vasto espaço retangular, havia uma porta de aço do mesmo tipo das que protegiam bens de grande valor nos bancos. O Cofre, que não existia no espaço real do subsolo do Clube Oneiros, era onde ficavam meios de leitura arcanos, pertencentes a tempos futuros e também a civilizações alienígenas. Tudo era catalogado e preservado, mas nem tudo era de acesso garantido aos membros da Fraternidade. Cada oneironauta podia acessar somente os meios de sua própria época. January (ou melhor, Jerry) sempre implicou com isso, e em mais de uma ocasião fez saber aos seus superiores que isso era uma grandessíssima bobagem, uma vez que todo oneironauta tinha contrapartes ao longo da história da humanidade e, portanto, qualquer um teria o direito de acessar papiros, pergaminhos, códices, livros digitais, implantes e o que mais existisse no Cofre.

E os superiores sempre davam razão a ele — embora sempre ressaltando que seguiam as determinações da Ordem Superior.

(January perguntou a Hipátia quem ou o que era a Ordem Superior, mas ela se recusou a responder. Isso a incomodou profundamente.)

January voltou a se concentrar em Jerry. Em 1888, ela não tinha acesso ao *Livro das Lendas*, e nem sabia se conseguiria ter. Então, enquanto isso, tentou resgatar o pouco que havia lido em 1968, quando Jerry era o encarregado da missão original. Era algo confuso, sem muitas instruções; tudo o que Jerry sabia era que precisava proteger um rapaz, Davey Jones, que estava começando a carreira de cantor. Alguns anos antes, Jones começou a tocar em bandas com seu próprio nome, mas todo mundo brincava com ele por causa de outro Davy Jones, o cantor baixinho e bonitinho da banda americana The Monkees. Então, em 1966, ele passou a usar o nome pelo qual ficaria famoso.

David Bowie.

O nome não significava nada para January Purcell, e pouco para Jerry Pond. Com o novo nome, David havia lançado apenas um disco *long play*, uma coisa que maravilhou January, que só conhecia fonógrafos com cilindros de cera e mal tinha ouvido falar no gramofone, inventado em 1887 na Alemanha e que estava começando a ser vendido na Inglaterra. Quer dizer que existia (ou viria a existir) uma maneira ainda mais confiável de se gravar vozes, e que em 1968 as pessoas usavam isso para gravar música comercialmente? O futuro até que era promissor.

O sonho estava começando a ficar confuso e disperso. Ela voltou a se concentrar.

Jerry estava justamente lendo a lenda de David Bowie, ou melhor, David Robert Jones. O mesmo nome do homem que ela iria visitar no dia seguinte.

Estranho: normalmente não acontecia de duas contrapartes terem o mesmíssimo nome. Contrapartes não eram consanguíneas: elas se aproximavam mais do que algumas filosofias costumavam chamar de reencarnação, ainda que o conceito fosse bem mais complexo que isso. Aquele Jones — Bowie, que era como Jerry costumava se referir a ele — nascera em Brixton, sul de Londres, em 1947. Com dez anos de idade, aprendeu a tocar uquelele e começou a estudar piano. Mesmo durante a escola técnica, onde estudou design, sua aptidão para a música era evidente: até os professores da Bromley Technical High School o incentivavam a seguir seu sonho. Formou sua primeira banda aos quinze anos e, em 1968, aos vinte e um, David Bowie estava às vésperas de se tornar o que havia dito aos seus pais que seria: um *pop star*. Que diabos seria isso?, January se perguntou ainda dormindo. Certamente não tinha nada a ver com o dr. Jones dela.

Exausta, ela abriu os olhos e se sentou na cama, insatisfeita. Precisaria ter acesso à lenda do dr. Jones para entender melhor por que havia sido convocada a cuidar dele. E o que deveria fazer. January deveria apenas vigiá-lo, como aparentemente era a missão de Jerry Pond, orientá-lo em um determinado curso na história de sua vida ou impedir que ele fizesse algo em particular? Não tinha a menor ideia. Provavelmente alguém no Clube Oneiros — o diretor, fosse ele quem fosse naquela época — poderia ajudá-la. Isso se a deixassem entrar nas dependências.

Uma coisa de cada vez, ela pensou, respirando fundo e se vestindo. Primeiro, precisava tomar um bom desjejum; não conseguia pensar direito com fome. Em seguida, voltar à casa do dr. Jones para a reunião. Lá ela certamente reuniria mais algumas peças desse quebra-cabeças.

Capítulo cinco

Os jogadores

"Ao chegar a uma dada realidade, o oneironauta, depois de se aclimatar — um processo que não deve demorar muito, pois o tempo ainda é essencial em qualquer lugar ou a qualquer hora em que ele se encontre — deve fazer duas coisas: primeiro, ele deve estabelecer suas prioridades, inteirando-se do que está sendo chamado a fazer (sua missão). E, segundo, ele também deve procurar aliados que possam ajudá-lo a promover a boa execução de seus atos. Infelizmente, a existência de aliados não exclui a possível existência de inimigos, para os quais o oneironauta deve estar sempre atento."

Dos diários de Franz Mesmer

January estava de volta ao número 77 da Great Russell Street às cinco para as dez da manhã seguinte. Não foi a primeira a chegar. Dessa vez, porém, ela não foi conduzida ao escritório do dr. Jones pela governanta.

Em vez da sra. Hartnell, o papel de guia foi desempenhado por um homem alto e corpulento, ligeiramente calvo, mas com espessas costeletas e bigode ficando grisalhos, vestido com um terno de tweed cinza e um chapéu-coco na mão. As roupas e o chapéu deixaram claro para January que ele não era um mordomo, mas, sim, um amigo ou associado do dr. Jones.

Sem dizer uma só palavra, o homem fez um gesto para que ela entrasse, uma mesura desajeitada que era uma grosseira tentativa de elegância, mas, quando se endireitou, January teve a chance de olhar em seus olhos. O homem, que ainda estava calado, tinha os olhos de um azul profundo, o mais profundo que ela já vira, não só naquela vida, mas em todas as outras de que se lembrava. Eles brilhavam frios na penumbra do salão.

Então reconheceu o dono daqueles olhos.

Daniel Dravot. O homem que pedira sua mão em casamento ao seu pai anos antes.

Ela abaixou a cabeça, cortando o contato visual, e entrou apressada. Ainda calado, Dravot fechou a porta apressado e seguiu direto para a escada, sem esperar por ela. January foi atrás, aliviada porque o homem não a havia reconhecido.

Desceram em silêncio até o porão, onde January pôde ver uma oficina bem iluminada. O lugar estava cheio de bancos e mesas, todos cheios de béqueres, suportes para tubos de ensaio e todo tipo de peças mecânicas para o que pareciam ser motores. O porão era um tanto estreito, porém muito comprido: na ponta, o dr. Jones conversava do outro lado de uma bancada com uma mulher vestida inteiramente de preto, que o ouvia com atenção. O tampo da bancada estava vazio, com exceção de uma caixa preta laqueada que parecia sugar a luz ao seu redor. O dr. Jones praticamente pairava sobre a caixa, como se quisesse protegê-la. Toda aquela cena parecia banhada por uma luz muito fraca, azulada e fantasmagórica, que se fundia nas poças de claridade das lâmpadas à medida que ela se aproximava da mesa.

— Bom dia, srta. Purcell — disse o dr. Jones ao vê-la. — Por favor, junte-se a nós. Obrigado, coronel Dravot, por ter feito a gentileza de conduzi-la para cá. A senhorita já conhecia o coronel?

January tornou a olhar para o homem e o avaliou de cima a baixo. Ele retribuiu o olhar, mas nada falou.

— Não posso dizer que o conhecia — mentiu.

— Ele é um grande explorador e caçador. Passou anos na Índia e no Afeganistão, e explorou lugares ainda mais remotos. É um homem de grandes habilidades, e por isso foi convidado para esta nossa reunião.

Dravot permaneceu calado, mas assentiu com a cabeça e se aproximou da mesa por trás, de modo lento e deliberado, parando bem ao lado do dr. Jones. January preferiu ficar mais distante da mesa, próxima à mulher, que agora ela percebia ser muito jovem, mais jovem talvez do que ela própria. De perto, ela percebeu que a vestimenta preta da outra era bastante sensata, quase racional: a mulher usava uma blusa com espartilho e saia curta, estilo Annie Oakley, com a barra chegando até a canela. Apesar de usar o mesmo aparato modelador de cintura que constrangia as mulheres (e muitas vezes deixava January sufocada, com dificuldade de respirar), no âmbito geral a vestimenta parecia mais confortável que seu vestido mais conservador.

— A senhorita já foi apresentada ao coronel — disse o dr. Jones, como se obedecendo a uma deixa. — Agora, permita-me apresentar a srta. Marie Sklodowska. Ela veio de Paris, mas é polonesa, natural de Varsóvia. Trabalhou até muito recentemente com Monsieur Pierre Curie, um físico francês com quem tenho me correspondido e cuja recente descoberta em cristalografia nos ajudará bastante.

— É um prrazer conhecer a senhorrita. Perrdoe meu sotaque — disse Sklodowska, estendendo a mão para apertar vigorosamente a de January. — Meu frrancês é bem melhor.

— *Pas de probleme, Mademoiselle* — disse January com um sorriso. — *Je parle Français aussi*.

Sklodowska abriu um sorriso de orelha a orelha. January soube ali que elas seriam boas amigas.

— Então, já que todos estão aqui agora, vou explicar meu projeto — disse o dr. Jones. — Um dos meus temas de pesquisa, como já sabem, é o estudo dos recursos de fontes combustíveis. Comecei pelo carvão, que é um dos produtos mais usados e também o mais nocivo para o ser humano, para os animais e mesmo para as plantas. Também tenho estudado o uso do petróleo, que já é usado há algum tempo na América. Mesmo a eletricidade não escapou da minha atenção, embora eu esteja bastante convencido de que não será eficiente por pelo menos um século. Sendo assim, concentrei-me no carvão. E o que é carvão, eu pergunto? — Ele olhou em volta e January percebeu que não era uma pergunta retórica.

— O carvão é uma rocha sedimentar combustível — ela respondeu de pronto. — É principalmente carbono com quantidades variáveis de outros elementos; principalmente hidrogênio, enxofre, oxigênio e nitrogênio.

— Perfeito, minha cara January, perfeito — ele respondeu, sério, mas ela notou que seus olhos (ou pelo menos seu olho bom, o esquerdo com sua pupila de tamanho normal) sorriam para ela de uma maneira muito intrigante... e atraente. — E como ele é formado?

— Permita-me explicar essa parte, dr. Jones — o coronel Dravot interrompeu de repente, para surpresa de January. O homem pareceu bastante ansioso; ela supôs que fosse talvez uma necessidade de agradar ao dono da casa, mas a atitude não era nem um pouco gentil. Ela também notou que Sklodowska se encolheu no instante em que ele começou a falar. A cientista polonesa estava muito incomodada com as maneiras grosseiras do coronel.

O dr. Jones fez uma pausa e olhou com atenção para o outro homem.

— Por favor, coronel Dravot, prossiga — ele disse depois de alguns segundos que pareceram uma eternidade para January. Ele não demonstrou nenhuma emoção, mas ela presumiu que a pausa havia sido uma forma de expressar seu desconforto. Afinal, era estranho (e um pouco inconveniente) que o homem que tinha estado tão calado até aquele momento agora mal pudesse esperar para falar.

— O carvão é formado basicamente quando plantas mortas se decompõem em turfa — Dravot começou. — Com o passar do tempo, essa substância acaba enterrada sob a terra. Então o calor e a pressão convertem a turfa na rocha sedimentar conhecida como carvão — recitou, como se estivesse lendo um livro didático. — Todo esse processo começou...

— Exatamente, coronel — o dr. Jones o interrompeu. — Pressão é a palavra-chave aqui. Um processo que leva milhões de anos é algo que não deve ser encarado levianamente. Imaginem, se puderem, a quantidade absoluta de energia necessária para formar o carvão. Agora, vamos dar um salto adiante e imaginar: o que vem a seguir nesta espécie de escada evolutiva geológica?

— Diamantes — January disse.

— Isso mesmo. O mineral mais cobiçado do mundo.

— Não tão raro quanto alguns gostariam, veja bem, senhor — Dravot zombou. — Na verdade, eles não são raros, mas difíceis de adquirir. Eles não florescem na superfície do solo, mas só podem ser encontrados nas profundezas da terra.

— Pensei — Sklodowska interrompeu — que eles também podiam ser encontrados no leito dos rios.

Diante disso, Dravot sorriu de um jeito que pareceu terrivelmente condescendente para January. Aparentemente, ele ainda estava muito interessado em mostrar seu conhecimento.

— Ah, senhorita, essa é apenas a ponta do iceberg — disse ele. — De fato, existiam muitos casos de depósitos aluviais há vinte anos, mas hoje não se consegue mais encontrar diamantes na superfície em parte alguma do mundo.

January já estava um tanto cansada dessa demonstração inadequada de sapiência. Virou-se para o dr. Jones e disse, apenas para parar a tagarelice de Dravot:

— Sinto muito, doutor, mas não consigo entender exatamente aonde o senhor quer chegar.

— Os diamantes, srta. Purcell, costumam ser vistos apenas como uma coisa bela. *A thing of beauty*, como tão bem o disse o poeta Keats. E, no entanto, existem quase na mesma quantidade que o carvão.

— Não tenho cerrteza se entendi o que está insinuando, *docteur* — disse Sklodowska. — Você quer criarr diamantes a partir do carvão? Acho que posso entender a lógica por trás do seu raciocínio, mas seria extremamente *difícile* tentar tal façanha.

Dr. Jones riu, balançando a cabeça.
— Não, *mademoiselle* Sklodowska, nada tão simplista. Na verdade, estou apenas seguindo os passos de seu ex-empregador, *monsieur* Curie.
— *D'accord* — disse ela, parecendo um pouco confusa. — Lembro que ele falou muito com o senhor sobre piezoeletricidade quando estivemos juntos em Paris no ano passado.
— Exatamente, minha cara. A carga elétrica que se acumula em materiais sólidos, como cristais, em resposta à pressão e ao calor. E o que são diamantes?
— Ora, cristais, dr. Jones — o coronel Dravot novamente fez questão de interromper. — Cristais aos quais outra grande quantidade de pressão é aplicada.
— Meu raciocínio, *Mademoiselle* Sklodowska — continuou o dr. Jones, ignorando o explorador —, é que o diamante e o carvão são ambos formas de carbono e, como tais, podem ser usados como substâncias combustíveis. Nós mineramos carvão há séculos, e do que poderíamos nos orgulhar? Da poluição? Da conspurcação da atmosfera e da água? Ora, o ar hoje em dia está denso com os gases produzidos pela queima de carvão nas fábricas. O processo de mineração por si só afeta em muito os cursos d'água, poluindo os rios com enxofre e contaminando o abastecimento de água potável. Só por essa razão, o carvão deveria ter sido deixado onde está, intocado nas profundezas da terra, há muitos anos. E veja a senhorita que sequer mencionei os perigos para os mineiros que labutam no interior das minas, com a circulação de ar limitada e o metano nocivo.
— *A joy forever* — January acrescentou, um sorriso tocando-lhe de leve os lábios.
— Como, senhorrita? — perguntou Sklodowska.
— É o resto do verso de Keats — ela explicou. — Uma coisa bela é uma alegria eterna.
— Sim, srta. Purcell — disse o dr. Jones. — E é o que pretendo com esse meu empreendimento. Fazer com que a alegria eterna que os diamantes proporcionam não se restrinja aos colos, dedos e orelhas femininos, mas que seja para o benefício de toda a humanidade.
January estava bem intrigada, e impressionada com a ousadia (e, talvez, a ingenuidade) de Jones. Mas não estava convencida.
— Desculpe-me, dr. Jones, mas por acaso não haveria uma pequena falha em seu raciocínio?

Jones inclinou a cabeça um pouquinho e olhou para January com seu olho ruim. Ela deduziu que ele devia usar esse olhar particular para perturbar seus interlocutores, especialmente se *eles* perturbassem sua linha de pensamento... ou se tentassem corrigi-lo.

— E qual seria essa falha, srta. Purcell?

Ela não pestanejou.

— Diamantes não queimam. Eles não podem fornecer a energia de que precisamos.

Então o dr. Jones de repente abriu a boca em um grande sorriso. Um sorriso grande e assustador. January pensou no gato de Cheshire. Mas o gato da história de *Alice no País das Maravilhas* era um personagem divertido; não tinha nada a ver com aquele homem, cuja personalidade January agora começava a desvendar. Ele não era assim tão ingênuo quanto ela havia acreditado no começo.

— Ah, srta. Purcell, mas os diamantes queimam. *Agora* eles queimam.

January apenas ergueu as sobrancelhas, sem dizer palavra.

Foi Sklodowska quem quebrou o silêncio.

— Mas como isso pode ser feito, *docteur*? Por favorr, diga-nos.

— É simples. Vamos usar isto aqui. — E apontou para a caixa à sua frente no centro da mesa. Era uma caixa retangular de laca verde-escura, com cerca sessenta centímetros de comprimento e quinze de largura, com incrustações de madrepérola e arabescos finíssimos pintados com pó de ouro. Parecia algo antigo e exótico.

Jones abriu a tampa. Aproximando-se, January pôde ver dentro da caixa o que parecia ser uma pequena armação metálica contendo em seu centro dois pequenos diamantes, com as pontas voltadas uma para a outra, mas separados por uma fina folha de estanho. Ela pensou ter reconhecido o aparelho de uma visita a um laboratório em Leeds, alguns anos atrás, mas não tinha certeza. Suas memórias daquele corpo e as de Jerry Pond ainda estavam misturadas.

— Esta é uma célula de bigorna de diamante — disse January, quase se arrependendo de ter falado em voz alta. Tanto quanto ela conseguia se lembrar (mas estava sentindo, enquanto falava, que as memórias de sua contraparte masculina estavam desaparecendo, ainda que bem lentamente), aquele dispositivo só seria inventado em 1908, ou seja, vinte anos no futuro.

— De fato é, srta. Purcell. — O sorriso de Jones continuava a emoldurar seu rosto magro, mas agora era um sorriso benevolente, poder-se-ia dizer até alegre. — Mas há uma distinção muito importante neste aparato diante de nós. Esta célula de bigorna em particular usa quap como um fluido compressível. Presumo que esteja familiarizada com esta substância, não?

— Não posso dizer que esteja — respondeu January, mas o nome não lhe era estranho.

— É um composto radioativo cuja existência me foi indicada por meu bom amigo H. G. Wells. O escritor, conhece?

January apenas assentiu.

— Ele andou pesquisando isso para um de seus romances científicos, e descobriu que ele tem sido utilizado na composição de um tônico, o Tono-Bungay, criado por um amigo de Bertie, o dr. Edward Ponderevo, que se deparou com o quap numa ilha na costa da África Ocidental. A senhorita provavelmente já ouviu falar da cavorita. — Ele fez um esforço visível para dizer a palavra, como se fosse algo proibido ou amaldiçoado. A palavra saiu num tom baixo e grave de voz.

January assentiu. Estava familiarizada com a cavorita, ainda que apenas por intermédio da leitura de *Os primeiros homens na Lua*, de H. G. Wells, que até aquele momento ela havia considerado ser um relato ficcional. Mas se lembrava de ter lido algo nos jornais sobre um escândalo envolvendo o sr. Cavor alguns anos atrás.

— A diferença em relação à célula de bigorna de diamante convencional, srta. Purcell — continuou o dr. Jones —, é que este dispositivo, minha pequena máquina de estanho e madeira, vai *descompactar* os diamantes.

Agora January estava realmente curiosa.

— Permita-me fazer uma demonstração — disse ele, fechando a caixa. Começou a fazer ajustes por meio de uma série de botões e alavancas localizados na lateral da engenhoca. January também podia ver um pequeno botão vermelho no lado direito da caixa, que não havia percebido até o momento.

Após alguns minutos, o dr. Jones terminou os ajustes.

— A cavorita, conforme relatado por Wells, é uma substância que apresenta massa gravitacional negativa.

— Isso significaria algo mais leve do que qualquer coisa que você poderia ter imaginado, senhorita — o coronel Dravot explicou a January.

— Eu estou bastante familiarizada com o jargão, coronel, obrigada.

— E, para o dr. Jones, também visivelmente incomodado com a interrupção do outro homem. — Por favor, continue, doutor.

— Muito bem. O quap, porém, é muito diferente dessa substância porque emite uma irradiação benigna...

— Radiação — Sklodowska corrigiu.

— Sim, *radiação* — o dr. Jones repetiu educadamente, mas January percebeu que ele não gostava de ser corrigido. — Agora devo apontar uma fonte de luz para o diamante de cima, que então canalizará o feixe para o de baixo. O efeito cumulativo vai ampliar esse feixe até que, com a ajuda do quap, ele atinja uma potência altíssima, condensando a luz... e descomprimindo os diamantes, extraindo praticamente a mesma quantidade de energia potencial usada ao longo das eras geológicas que transformou minerais em diamantes em primeiro lugar. Mas toda essa energia acumulada será liberada em um único momento.

— E o que acontece com os diamantes? — January perguntou.

— A senhorita vai ver neste instante — respondeu ele, apertando o botão.

January estremeceu em expectativa. Ela tinha certeza de que aquela engenhoca iria explodir na cara de todos ali ou, na melhor das hipóteses, começar a derreter e exalar uma espessa fumaça preta que os sufocaria naquele porão. Mas seus medos não aconteceram: a caixa ronronou baixinho, emitindo uma vibração que mal poderia ser percebida se de repente a sala não tivesse ficado tão silenciosa. January ficou intrigada: a caixa era distintamente algo que pertencia àquela linha do tempo. Já a tecnologia dentro dela, ao que tudo indica, não.

Em cinco segundos, o ronronar parou. O dr. Jones estendeu a mão e apanhou algo que até então havia passado despercebido por January. Era um tubo de fibra com tampas de latão em ambas as extremidades e uma lente de vidro em uma delas. Uma pequena lanterna elétrica portátil.

— Este é um modelo totalmente novo de lanterna Misell — explicou. — Funciona com baterias D...

— São baterias secas com capacidade limitada — cortou o coronel Dravot, com uma certa irritação — e, infelizmente, não recarregáveis, dr. Jones.

— Até agora, meu caro coronel Dravot, até agora. Porque, com esta nova fonte... — Ele conectou a extremidade traseira da lanterna a um pequeno orifício perto do botão, que January não havia reparado. — ...teremos energia livre, limpa e durável.

Subitamente, a lanterna se acendeu, com uma luz forte que teria cegado January se ela estivesse olhando diretamente para o tubo.

— E esta aplicação — acrescentou o dr. Jones — de apenas alguns segundos é suficiente para fazer esta lanterna funcionar sem interrupção por vinte e quatro horas. Os diamantes, srta. Purcell, como pode ver... — E ele abriu a caixa, revelando uma pequena mancha preta no fundo da caixa. — Os diamantes foram totalmente gastos. Pedras maiores, naturalmente, levarão mais tempo para serem transformadas em energia pura, mas também nos darão mais energia.

Todos ficaram boquiabertos. January também, embora mais de indignação que de admiração.

— Mas como foi que o senhor chegou a esta máquina? — ela perguntou. — O senhor a construiu? — Ela sabia que isso não era possível.

— Ela foi inventada há algum tempo, mas não por mim — ele respondeu. — Nos meus sonhos.

January permaneceu imperturbável, mas de repente as coisas ficaram bem mais interessantes.

— Sempre tive os sonhos mais estranhos — confessou Jones —, desde a infância. Não apenas a mera matéria de sonhos ou pesadelos, mas também imagens vívidas de coisas que eu não poderia conhecer, pois nunca as tinha visto em minha vida. Por exemplo, uma noite, quando muito jovem (contava eu dezesseis anos), sonhei com um palácio em uma terra do Extremo Oriente, com detalhes requintados, como nunca havia lido nem visto em fotos.

— Mas seus pais poderiam ter lhe mostrado algo, um quadro, uma ilustração em um livro — January se pegou interrompendo.

O dr. Jones, porém, já não parecia se importar em ser interrompido por ela ou por qualquer um ali. Seus olhos brilhavam e ele parecia ligeiramente febricitante de animação.

— Meus pais careciam da imaginação necessária para me impressionar com histórias e imagens, srta. Purcell. Minha imaginação é só minha. Mas meus sonhos costumavam me contar (na verdade, eles ainda contam) uma história bem diferente.

"Até um ano atrás, esses sonhos me atormentavam. Eu era submetido incessantemente a vários deles por noite, a tal ponto que acordava extenuado, e pior, quase sem me lembrar do que havia acontecido naqueles sonhos. Acredito fortemente que não saber o que eles eram estava me deixando doente.

"Então conheci alguém que melhorou minha vida nesse aspecto e, ao fazê-lo, mudou-a em todos os outros também. Um certo dr. Spottiswoode me foi indicado por um amigo. Pelas mãos dele, tive acesso a um novo medicamento, que ele chamou de Pausodyne. Este medicamento, administrado em pequenas doses, é um excelente anestésico. Em doses maiores, no entanto, coloca o paciente em um estado que o dr. Spottiswoode chamou de 'animação suspensa'. O paciente fica adormecido, sem sequer precisar respirar, por longos períodos, como animais selvagens que hibernam no inverno."

— E o senhor recebeu uma dose maior, presumo? — January ficava mais pasma a cada segundo. E, no entanto, ela tinha que se manter no seu juízo perfeito se quisesse chegar ao fundo da questão.

— Sim, recebi. Essa dose extra me fez dormir, de certa forma, por três dias. Acordei revigorado e, a partir deles, consegui perfeitamente sonhar de forma mais ordenada.

— Mas o que seria essa forma ordenada, *docteur*? — Sklodowska perguntou, curiosa.

— Um sonho por noite — disse ele. — Um sonho longo e complexo, tão real quanto possível. Às vezes, o sonho até adquire uma configuração muito interessante, e me pego tendo o mesmo sonho novamente por várias noites, mas não uma repetição. Mais como uma continuação. Como se fosse um... — Ele procurou a metáfora, mas January já tinha uma boa ideia da imagem que ele escolheria. — Como se fosse uma casa com muitos cômodos, e eu só visitasse um ou dois por noite.

A Casa. January conhecia bem o conceito, embora também não tivesse visitado mais do que alguns poucos aposentos. Um dos quais era a pequena biblioteca de Hipátia, onde ela sempre recebia a pupila.

— A Casa — explicou sua instrutora anos antes — é como uma âncora que evita que uma nave se afaste para o alto-mar.

— Se a Casa é a âncora — January perguntou —, o que é a nave?

— O oneironauta.

— Pensei que nós fôssemos navegantes dos sonhos. Nautas nesse oceano.

— Os primeiros oneironautas chamaram o mundo dos sonhos de *ypárcho*.

— Existir — January traduziu automaticamente, lembrando-se das aulas de grego *koiné* na adolescência.

Hipátia assentiu concordando.

— O *ypárcho* é tudo o que existe. Uma esfera que engloba todos os outros mundos, e do qual a Terra é apenas uma sombra. Tão incompreensível para a mente humana que os primeiros oneironautas tiveram que conjurar um ambiente mais adequado para trabalhar. Daí o lugar, ou melhor, o *não lugar* que é a Casa. Ela protege e orienta os viajantes.

January aprendeu então que, como cabe a um conceito, a Casa é interpretada de modo diferente para cada oneironauta. January não conseguia dizer como era para os outros, mas para ela esse não lugar se manifestava como uma enorme e antiga mansão vitoriana (para todas as suas contrapartes, mesmo as que viveram no século XX e além), com dezenas de quartos, talvez mais — não, certamente mais, mas ela nunca fez todo o tour, e às vezes ela se perguntava se um dia conheceria toda a Casa. *Melhor não imaginar essas coisas*, ela pensou. *Foco*.

— Seja como for, uma noite sonhei com esta engenhoca — continuou ele, despertando January de suas lembranças —, mas também com outra coisa. Sonhei com uma presença antiga.

— Uma presença antiga? — January perguntou, sentindo um arrepio na espinha. E torceu para que ele não estivesse se referindo aos Grandes Antigos. Hipátia os mencionou algumas vezes, e foi o que bastou para que ela desejasse fervorosamente nunca mais encontrá-los. ("Se eles quiserem encontrá-la, você não terá escolha", sua instrutora respondeu. E nunca mais January tocou no assunto.)

— A princípio, pensei que fosse um espírito — Jones continuou —, mas depois percebi que era apenas um velho. Velho e muito sábio. Nós nos encontramos em um túnel sob o Snæfellsjökull.

— E onde fica isso? — perguntou Sklodowska.

— É uma montanha na Noruega, minha senhora — o coronel Dravot prontamente respondeu.

— Errado — o dr. Jones corrigiu na hora. E, dirigindo-se à polonesa com uma polidez em que January pensou detectar uma ponta de afeto legítimo: — Perdoe-me, minha cara. Muitas vezes esqueço que nem todo mundo tem acesso ao mesmo estudo que eu. — January teve a certeza de detectar ali uma flagrante arrogância masculina inglesa. — O Snæfellsjökull é um vulcão extinto na Islândia.

— Ah — lembrou-se January, e então não conseguiu mais esconder a impaciência. — Como na *Viagem ao centro da Terra* de Jules Verne?

Foi a vez do dr. Jones estremecer.

— Não exatamente, srta. Purcell. Como bem sabe, o professor Lidenbrock era amigo de Verne. Receio que a narrativa desse escritor não passe de uma fantasia, um tanto divertida, principalmente nas observações de Axel, o sobrinho de Lidenbrock, mas quase tudo ali está muito distante da verdade. Na verdade, algum tempo atrás me correspondi com o próprio professor Lidenbrock, e ele me relatou que, embora muito da narrativa de

Verne seja fruto de sua imaginação brilhante, a parte da história sobre o alquimista islandês Arne Saknussemm é bem verdadeira.

January conteve a respiração. Ele não. Não Saknussemm.

— E o velho sábio seria esse Arne... — ela arriscou.

— Precisamente. Arne Saknussemm. Consegui conversar bastante com ele durante meus sonhos, e ele me disse que, embora o romance trate de fantasia, há mais coisas lá embaixo, parafraseando o bardo, do que sonha nossa vã filosofia.

— Ele disse ao senhor o que eram essas coisas?

— Em parte — disse ele. — Tive a sensação de que ele estava escondendo a maior parte de mim, mas o pouco que Saknussemm disse serviu para despertar meu interesse.

— Como?

— Diamantes, srta. Purcell. Diamantes que poderiam alimentar todo o planeta por toda a eternidade, e a humanidade nunca mais seria escrava do carvão e outros tipos de materiais combustíveis que envenenam ar, terra e mar.

January abriu a boca para perguntar se ele tinha certeza do que estava dizendo, mas pensou melhor. Ele não aceitaria a pergunta levianamente. Em vez disso, perguntou, da maneira mais tranquila possível:

— O senhor está planejando enviar um geólogo lá para encontrar esses diamantes?

Então o dr. Jones sorriu. O mesmo sorriso cheio de dentes, incrivelmente parecido com o de um predador.

— Não, srta. Purcell. Estou planejando ir lá pessoalmente para ver com meus próprios olhos. E trazer tantos diamantes comigo e com meu grupo quanto possível.

— Seu grupo sendo...?

O dr. Jones olhou para ela com uma expressão de leve desapontamento em seu rosto.

— Ora, srta. Purcell. O coronel Dravot, a srta. Sklodowska, e a senhorita.

— Sinto muito, doutor, mas também há Hans. — Dravot finalmente conseguiu abrir a boca novamente.

— Sim, claro. E Hans, o caçador que guiou o professor Lidenbrock em sua expedição. Ele estará esperando por nós em Reykjavik daqui a quatro dias. Minha *aéronef* partirá da Victoria Station em dois dias.

January franziu a testa.

— Desculpe, dr. Jones, mas...
— Sim, srta. Purcell?
— Não acha que é muito cedo? Deveríamos ter mais tempo para nos preparar.

Foi a vez do coronel Dravot — o odioso coronel Dravot — retrucar.

— Isso não diz respeito à senhorita. O dr. Jones é um homem muito ocupado, não tem tempo a perder. De mais a mais, todos os preparativos já foram feitos.

— Receio que o coronel tenha razão — disse Jones, para o desânimo de January. — Mas não se preocupe. Fornecerei todo o equipamento necessário para efetuar a descida, de cordas e mosquetões a mantimentos. Tudo o que as senhoritas precisam fazer é as próprias malas. Tragam roupas de inverno para o clima da Islândia, mas também de verão para nossa descida. Segundo o professor Lidenbrock, a temperatura não aumenta tanto quanto seria de se esperar, mas provavelmente seremos expostos a um clima temperado, senão tropical. Mais alguma pergunta? — Ele parecia mais cansado que irritado.

Sklodowska e January balançaram a cabeça em negativa.

— Então creio que podemos encerrar esta reunião e nos preparar para a viagem. Não se preocupe, srta. Purcell; faremos um encontro informativo assim que partirmos. Sinta-se à vontade para fazer as perguntas que achar adequadas nesse momento.

January não estava suficientemente à vontade para fazer mais nada além de assentir. Ainda olhou para Sklodowska a fim de obter algum sinal de sororidade, mas a polonesa sorriu para ela à guisa de despedida e foi direto para as escadas. O coronel Dravot recuou para o fundo envolto em sombras atrás do dr. Jones, que voltou sua atenção inteira para a caixa, ignorando o mundo ao redor. January sentiu um arrepio na espinha e tratou de sair dali o mais depressa possível.

Quanto voltou ao átrio, não havia sinal de Sklodowska. Olhou para o relógio na entrada. Onze da manhã. Após o discurso do dr. Jones sobre seus sonhos (ou ela deveria dizer confissão?), uma visita ao Clube Oneiros antes do almoço seria de importância fundamental.

Capítulo seis

Um clube

"Para o observador desinformado, o Clube Oneiros é apenas mais um clube de cavalheiros em Londres, onde os homens se reúnem para beber, fumar e conversar sobre negócios e outras atividades geralmente consignadas a territórios masculinos. Na verdade, *territórios* é a palavra certa, já que a maioria desses clubes foi fundada por exploradores ou oficiais do Império que tinham ligações íntimas com as colônias, como o East India Club, o Alpine Club e a Royal Geographic Society. O Clube Oneiros é também um clube de exploradores, ainda que os seus membros usem mapas de uma natureza diferente."

De *Uma breve história do Clube Oneiros*

Normalmente, mulheres não eram admitidas no Clube Oneiros. Se trabalhassem como faxineiras ou copeiras, só teriam acesso pela entrada lateral do clube. Mas January estava cansada demais para se preocupar com uma regra absurda dessas.

O mordomo abriu a porta apenas o suficiente para mostrar o rosto, que não foi capaz de deixar de revelar uma certa irritação por trás da fachada até então imperturbável:

— A entrada das empregadas é...

January sequer se dignou a esperar que ele terminasse. Sacou a Comprovação da bolsinha e a exibiu na cara do sujeito.

— Quero falar com o diretor — ela disse.

A Comprovação é o documento de identidade dos oneironautas. Não é bem uma carteira de identidade, embora possa assumir esse formato. Ela consiste num determinado símbolo normalmente desenhado em papel, mas que também pode ser gravado em metal ou pedra, dentre outros materiais (plástico é uma alternativa, mas não no século XIX). January não tinha uma Comprovação pronta. Antes de se dirigir para o clube, voltou à sua casa, sentou-se à escrivaninha, pegou um cartão em branco, uma pena e fez o desenho.

Como se estivesse chateado com tal descaramento, o mordomo demorou a olhar na direção do cartão e, quando o fez, a cara de paisagem permaneceu, como se fingisse não reconhecer o símbolo pelo que era.

Ou talvez não estivesse fingindo. Era provável que o mordomo não tivesse a menor ideia do que de fato era um oneironauta. Se tivesse, teria exigido ser treinado como um, pensando (como alguns pensam) que ele de algum modo seria capaz de se sonhar distante de sua existência miserável, emergindo em outras realidades, em uma condição de vida melhor, sem nunca mais voltar para aquela vida de mordomo subserviente e mal pago. Mas as coisas não funcionam assim.

O impasse (que na verdade não chegou a ser nenhum impasse) terminou depois de alguns minutos. Ainda com cara maldisfarçada de inconformado, o mordomo abriu a porta para permitir a passagem de January.

Ela se deparou com um átrio escuro, sem espelhos e com uma mesinha de marchetaria com uma bandeja de prata, cheia de cartões e correspondências diversas; ela conseguiu vislumbrar uma sala logo à frente, um pouco mais iluminada. O mordomo a guiou para dentro sem fazer alarde.

A sala de leitura dos membros era muito grande e estava completamente vazia. Havia algumas poltronas com mesinhas e abajures; sobre algumas mesas, um ou outro livro e jornal, mas ninguém para lê-los. Enormes prateleiras do chão ao teto corriam por todas as paredes, repletas de livros de capas de couro vermelho, verde e azul. Mas não eram aqueles livros que ela buscava.

As estantes eram interrompidas apenas por duas portas, uma em cada extremidade do aposento: aquela pela qual ela acabara de entrar e a outra, bem à sua frente, no outro extremo da sala, decorada com baeta vermelha, fechada.

O mordomo foi direto para lá. Ela o seguiu rapidamente.

Antes de chegar perto da porta, entretanto, ele fez um gesto brusco para que ela parasse. Então avançou dois passos devagar, de modo quase solene, e a abriu levemente. Entrou e ela o ouviu anunciar, com a voz estrangulada, como se tivesse muita dificuldade de falar:

— Um membro... feminino, senhor.

January só conseguiu ouvir um *hunf* do interlocutor. O mordomo saiu — as luzes dos lampiões eram fracas, mas ela poderia jurar que ele estava ruborizado — e fez mais um gesto brusco, dessa vez para que ela entrasse logo no aposento. Foi o que ela fez.

January foi imediatamente saudada por uma voz de tom baixo e ameaçador:

— Quem é você e por que se apresentou como membro deste clube?

O homem à sua frente era velho e magro. Estava sentado em uma poltrona de couro de aspecto confortável, e que parecia mais velha que ele próprio. Vestia sobre os ombros um manto de damasco e usava um fez turco na cabeça de cabelos grisalhos e cortados rente. Fumava algo enjoativo de tão doce em um cachimbo de haste longa. Cada vez que chupava o talo, seu rosto ficava mais repuxado, talvez por causa da cicatriz grande e feia na bochecha direita, que o cavanhaque imenso e bifurcado não escondia. Não era de forma alguma um homem de aparência desagradável, mas também não era exatamente um homem bonito. Ela reconheceu prontamente o diretor.

— Meu nome é January Purcell. Eu me apresentei como membro do Clube Oneiros porque é isso que sou. Uma oneironauta.

— E por que eu deveria acreditar na sua palavra?

— Mostrei a Comprovação na porta. É prova suficiente, não?

Ele deu de ombros.

— Isso não comprova nada para mim. Você pode ter roubado de um amante.

Ela inclinou a cabeça, fuzilando o homem com o olhar.

— O senhor faz essas perguntas aos viajantes do sexo masculino?

— Nem sempre. Mas você é a primeira mulher viajante que eu já vi.

Ela sorriu.

— Eu também sou homem. Só que não aqui. — Ela pensou por uma fração de segundo se deveria terminar o comentário com um golpe de misericórdia, então concluiu, *por que não, diabos?* — Assim como o senhor e todos os outros oneironautas que agraciam o Clube Oneiros com suas presenças também são mulheres em outras realidades.

O homem pigarreou novamente. O rosto continuava impassível.

January achou melhor não provocar mais. Levou a mão ao peito e curvou a cabeça em sinal de respeito.

— Percebo agora que fui muito desrespeitosa na minha entrada. *Salaam Aleikum*, Mirza Abdullah — disse ela, levantando as pontas do vestido e acrescentando uma reverência, não sem uma certa ironia. O homem a encarou por alguns segundos, e então inclinou a cabeça ligeiramente em retribuição.

— *Aleikum Salaam*, srta. Purcell. Nós nos conhecemos?

— Sim, Sir Richard — ela respondeu, ainda surpresa, mas subitamente animada com a possibilidade de sucesso naquela empreitada. — Somos primos por afinidade. Minha mãe pertence à família Wardour, como sua esposa, Isabel. Fomos apresentados quando meu pai estava em missão diplomática em Damasco, na tenda da *Shaikhah* Jane Digby. O senhor ainda estava com as vestes do sábio Mirza Abdullah então.

    Então Richard Francis Burton — escritor, tradutor, linguista, geógrafo, poeta, antropólogo, orientalista, erudito, espadachim, explorador, agente secreto e diplomata, primeiro não muçulmano a entrar na cidade sagrada de Meca e descobridor do lago Tanganica, conhecido entre os maometanos como Mirza Abdullah, além de uma série de outros nomes — tirou o cachimbo da boca e começou a olhar ao redor, franzindo a testa como se tivesse perdido alguma coisa. Depois de alguns minutos, encontrou no chão o que procurava: uma bolsinha de veludo que havia caído da mesa lateral. Sem pressa, esticou o braço, pegou a bolsa, colocou-a no colo e tirou uma pitada de tabaco de dentro. Procedeu, muito lentamente, a colocar o fumo dentro da fornalha com a ajuda de um pedaço comprido e fino de madeira, após o que se levantou com certa dificuldade e foi até a lareira, onde estendeu a vareta até incendiar a ponta. Só então o colocou na fornalha, tomando o máximo cuidado para não queimar o tabaco, mal roçando a superfície da câmara. Começou a chupar e soprar até que January pôde vislumbrar uma faísca acima da fornalha, e a fumaça começou a sair do cachimbo e da boca de Burton. O cheiro era mais forte e menos doce que o anterior, e mais agradável às narinas de January.

    — Turco — disse ela. — Gostei.

    Burton bufou, mas era evidente para ela que o som era um sinal de apreciação.

    — Muito fraco, eu sei — disse ele, tentando disfarçar a simpatia que January detectava nele. — Como as poucas mulheres ocidentais que conheço que gostam de fumar parecem preferir. Mas, quando em Roma... Embora eu costumasse fumar coisas muito mais fortes.

    — O senhor sente falta? — ela perguntou. — Da emoção do Oriente?

    Ele sugou mais uma vez o cachimbo e soltou uma longa baforada antes de se dignar a responder.

    — Antes eu costumava, sim. Não mais. O mundo dos sonhos ocupa uma parte considerável das minhas horas de vigília. Roma, srta. Purcell, não é apenas um lugar, mas uma realidade. Esta... — E fez um gesto que abarcou o gabinete enfumaçado. — ...é a nossa Roma.

    — Então, Sir Richard, vou precisar de ajuda contra os bárbaros nos portões — disse ela.

— Que tipo de ajuda?

— Comecei minha missão há dois dias e ainda estou tendo um pouco de descompasso com as informações de minha contraparte, infelizmente. Uma das questões: segundo me recordo, *Viagem ao centro da Terra* era um livro de ficção.

— E é.

— Mas tenho motivos para acreditar que Arne Saknussemm era real.

— Ele *é* real. É um oneironauta, inclusive.

— Eu já suspeitava.

— E qual seria o problema? Seja direta.

— Ao que parece, fui atraída para cá por um certo dr. Robert Jones, que construiu uma espécie de "dispositivo infernal", e afirma ter aprendido isso em seus sonhos. Ele recrutou a mim e a outros cientistas para ir com ele à Islândia.

— Descer o Snæfellsjökull, presumo. — Ele tossiu. — Malditas oclusivas. Os idiomas nórdicos são absurdamente rústicos, coisa de bárbaros vikings que nunca evoluíram de verdade. — E, de repente: — Esse dr. Jones é um de nós? O que acha?

January contou o que Jones dissera a respeito de seus sonhos e do encontro com Sakhnussemm, e concluiu:

— Ele não tem nenhum treinamento, mas, sim, vejo possibilidades.

— E qual pode ser o perigo atual?

Ela falou sobre o experimento no porão.

— Tem certeza de que a tecnologia usada corresponde ao nosso período de tempo? — Burton perguntou. — Sem empréstimos de outras realidades?

— Não tenho tanta certeza — ela admitiu. — Mas o fato de que ele teve toda a ideia por meio de um sonho não pode ser descartado. Mesmo que o maquinário seja inteiramente nosso, a energia liberada pelos diamantes provavelmente será algo nunca visto antes, e tenho minhas dúvidas se a humanidade está preparada para tanto poder sem sérias consequências.

Burton franziu o cenho.

— Você foi contatada por outro agente? Quem lhe deu esta missão?

Por um instante January ficou paralisada. Essa seria a parte mais difícil da conversa.

— Ninguém. Eu vim para cá espontaneamente.

Burton ergueu as sobrancelhas.

— O quê? Como isso pôde acontecer?

— Não sei, Sir Richard. Tal coisa nunca me aconteceu antes.

Ele a encarou por um instante. Mas seu olhar era tão intenso que pareceu uma eternidade. Uma eternidade muito desconfortável.

— Não estou surpreso — ele disse finalmente. — Sendo uma novata como certamente é.

January ficou indignada e não conseguiu se conter.

— Tenho dezesseis anos de experiência, Sir Richard.

— Não aqui.

Era verdade. January se sentiu ruborizar. *Diabos, garota*, ela pensou, *controle-se!* Hipátia a havia treinado para aquele momento.

— Eu não disse que havia sido aqui, Sir Richard. E não sabia que os oneironautas devem ser julgados por seu tempo de serviço em apenas uma realidade.

— Não necessariamente — ele retrucou, depois de mais uma baforada no cachimbo. — Mas não acredito no que diz, só isso.

Então January jogou a última cartada.

— Eu não tenho que lhe provar nada. A Ordem Superior sabe disso muito bem.

Burton franziu o cenho mais uma vez. Vendo a expressão de desgosto em seu rosto, January percebeu que não venceria a discussão. Trazer a Ordem Superior para a conversa era sempre o último recurso e, como tal, nem sempre eficaz. Ela não deveria ter recorrido a isso sem antes se esforçar mais. Na verdade, um erro de principiante, por mais que ela não quisesse reconhecer isso.

— Você não me disse ainda do que precisa exatamente — Burton falou.

— Preciso consultar a Biblioteca Onírica.

— Muito bem — ele disse, levantando-se. — Traga-me a prova de que o dr. Jones é um oneironauta e os recursos do Clube Oneiros serão seus.

January ficou indignada. Isso não era justo.

— Não posso lhe trazer provas até que eu tenha retornado da Islândia, isto é, supondo que eu possa fornecer provas. O senhor sabe muito bem disso.

— Eu também sei que não existe serendipidade no Longo Jogo, senhorita. — Ele praticamente cuspiu as palavras. — Não sei com que propósito você invade este *sanctum sanctorum*, mas, por favor, retire-se agora

67

mesmo. . — Pegou uma sineta de bronze que ela não tinha percebido até então e a tocou. O mordomo abriu a porta imediatamente, como já estivesse esperando esse sinal. — Não vou repetir.

January simplesmente virou as costas para Burton e foi embora em silêncio.

Lá fora, o vento soprava um pouco forte demais para aquela época do ano. Fazia frio, mas, por dentro, January fervia. Ela estava bem ciente de sua condição, e nem precisava que Hipátia lhe explicasse. Não era que ela tivesse vindo direto de outro corpo: o processo era mais complexo que isso. O que acontecia era uma espécie de fusão de almas — não, consciências —, e aí sua encarnação atual, por assim dizer, havia sido substituída em parte pelas memórias de estar no corpo de um homem no ano de 1968. Ela não se sentia um homem de 1968, mas uma mulher que por acaso havia visitado esse homem.

As memórias eram muito vívidas.

Na verdade, elas ainda lhe ocorriam de forma tão intensa que às vezes ela ia ao banheiro e, para sua grande vergonha, sem se dar conta, tentava abrir uma braguilha e sacar de dentro das roupas um pênis que não estava lá. Ela não tinha certeza se invejava muito do que tinha em seu corpo anterior, mas a capacidade de urinar em pé era definitivamente uma coisa que ela gostaria de ter em sua realidade.

Além disso, saiu dali com a sensação incômoda de que, se fosse homem, Sir Richard a teria ouvido e lhe franqueado o acesso a qualquer informação preciosa de que precisava tão desesperadamente para a missão.

Como ela gostaria de ter socado aquela cara arrogante!

Capítulo sete

Um personagem

"Uma das primeiras coisas que o oneironauta deve saber a respeito dos caminhos que percorre é que o tempo não só não é linear como também não é absoluto. Coisas que podem parecer ilusórias ou fictícias em uma realidade são perfeitamente normais em outra. Um exemplo é a existência de personagens de livros ou filmes: em algumas realidades, eles são apenas ficcionais; em outras, entretanto, eles são tão reais quanto você que está lendo este texto. Talvez até mais."

Livro das regras oníricas

Em todos os seus anos de treinamento com Hipátia, January aprendera duas regras fundamentais: não fazer muitas perguntas e não mencionar a existência dela para ninguém.

— Os oneironautas são um grupo que se rege por normas essencialmente masculinas — ela explicou a January pouco depois da morte de seus pais. — Não é por outra razão que eles se autodenominam a Fraternidade.

January deu de ombros.

— Isso não é de fato importante, é? Afinal, esse termo abrange homens e mulheres.

— De acordo com quem?

Ela não soube dizer.

— Tudo isso são os espectros da cultura — Hipátia explicou. — Não existe nenhuma razão específica pela qual homens e mulheres não devam ter direitos iguais.

— Você disse isso como uma boa sufragista — January disse sorrindo. Hipátia permaneceu séria.

— Eu digo isso como alguém para quem o sufrágio é impossível.

Nem sempre January se dava conta de como suas vidas eram tão diferentes uma da outra no fim das contas.

— E é por isso que devemos fazer tudo às escondidas? Porque somos mulheres?

— Homens gostam de achar que estão no comando. O fato de que todos nós alternamos nossas consciências entre corpos masculinos e femininos não parece convencê-los de que mulheres são tão ou mais competentes que homens.

— O que é muito curioso — January começou a refletir —, porque nós somos eles. Ou seja, quando nós assumimos corpos masculinos, automaticamente nos tornamos impermeáveis ao raciocínio feminino? Essa porta nos é fechada?

— Nem sempre — Hipátia disse com um suspiro. — Mas, para todos os efeitos, precisamos sempre trabalhar partindo da suposição de que sim, os dois mundos são irreconciliáveis. O *Livro dos Corações* explica isso.

— Que livro é esse? Nunca ouvi falar.

— É um papiro egípcio. Temos uma cópia aqui na biblioteca.

O rosto de January se iluminou.

— Posso dar uma olhada?

Hipátia sorriu.

— Agora pode.

Foi então que January fez algo que nunca havia imaginado em seus sonhos mais loucos. Conhecer a Biblioteca de Alexandria era um sonho que agora se tornava realidade — ainda que, suprema ironia, dentro de um sonho. Mas January era agora uma oneironauta treinada, e sabia que aquilo era um *sonho lúcido*, uma projeção de sua consciência em um ambiente que existia no mundo real. Era o mais próximo que ela jamais chegaria da biblioteca perdida.

Na verdade, aquela não era *realmente* a Biblioteca de Alexandria. Em 48 antes de Cristo, Júlio César incendiou o cais do porto daquela cidade, onde ficavam os armazéns que continham grande parte dos rolos de papiro que estavam sendo transcritos pelos copistas do Mouseion, o complexo dedicado às Musas que abrigava a biblioteca. O prédio da biblioteca propriamente dita não tinha sido afetado.

Mas era questão de tempo. Em 297 d.C., o cerco do imperador Diocleciano à cidade arrasou os prédios do Mouseion e da Biblioteca, que já haviam sido parcialmente destruídos vinte anos antes por Aureliano. Mesmo assim, outros prédios que abrigavam parte dos materiais de consulta sempre haviam sobrevivido, e assim seria até o fatídico ano de 642, quando as tropas do califa Umar destruiriam tudo em caráter definitivo, sem a menor possibilidade de recuperação. Hipátia viveu e trabalhou no Serapeum, o templo erguido por Ptolomeu III em homenagem ao deus Serápis. Ali ela lecionou filosofia e cuidou do que restava da outrora famosa Biblioteca de Alexandria.

January percorreu os corredores do Serapeum atrás de Hipátia. Eles eram compridos e estreitos, e de tantos em tantos metros se abriam para salas repletas de prateleiras de pedra onde se empilhavam centenas de rolos de papiro. Como sempre que sonhava, January sentia como se andasse em nuvens. Seu passo era leve como se flutuasse.

Não saberia dizer quanto tempo se passou ali. Quando se deu conta, estava no fim de um corredor, em frente a um salão com uma cadeira, um divã e uma mesa sobre a qual repousavam muitos, mas muitos papiros.

— Este é o meu *scriptorium* — disse Hipátia. — E estes são alguns dos livros da nossa biblioteca particular.

January se aproximou da mesa e estendeu a mão para um dos rolos, mas hesitou.

— Pode pegar — sua instrutora disse.

O rolo era mais pesado do que ela havia imaginado. Ao desenrolá-lo, percebeu que a folha grossa de papiro estava presa entre dois cilindros finos de madeira. Abriu o rolo sem muita convicção, porque sabia que não conseguiria entender patavina do que estaria escrito ali.

Qual não foi a sua surpresa ao ler as seguintes palavras, em bom alfabeto latino:

VIAGEM AO CENTRO DA TERRA

— Mas como…? Estou lendo isso no meu idioma porque estou sonhando, certo?

Hipátia balançou a cabeça em negativa.

— Você lê isso no seu idioma porque está escrito no seu idioma.

January voltou a atenção para o papiro e confirmou que não só tudo ali estava escrito em seu idioma como também era de fato a narrativa maravilhosa de Jules Verne.

— Mas é permitido isso?

— O quê?

— Que você tenha aqui, na sua época, um livro que só será escrito mais de mil anos depois.

Hipátia deu um sorriso de canto de lábio. A instrutora de January estava sem dúvida se divertindo com a inocência da moça do século XIX.

— Como eu disse, aqui neste pequeno salão fica a nossa biblioteca particular. E quando eu digo nossa...

— Você quer dizer *nossa*? Minha também?

— Para contrabalançar a Fraternidade, é preciso que exista uma Sororidade — disse Hipátia. — Nas minhas horas vagas, eu me dedico a copiar de memória o que consigo ler quando consulto algum tomo na Biblioteca Onírica. Isto é, quando uma de minhas contrapartes masculinas faz essa consulta.

— Mas por que você faz isso? Quero dizer, por que você precisaria copiar o que pode consultar?

— Quando chegar a sua hora de precisar consultá-la, você vai entender.

January não se conformou.

— Por que você nunca responde a todas as minhas perguntas? — ela finalmente criou coragem para perguntar.

Hipátia não se abalou.

— Só posso explicar aquilo para o qual você está preparada. Mesmo num treinamento informal como o nosso, é necessário respeitar os níveis de aprendizagem.

— Então este treinamento não é oficial?

— Você nunca percebeu?

January sentiu uma certa vergonha nesse momento. Na verdade, ela tinha percebido desde o começo, ainda que não conscientemente. Se o treinamento fosse oficial, pensou, ele teria tido mais pompa e circunstância, ou seja, rituais, regulamentos e talvez mais de um instrutor — como na escola para moças na qual ela estudara por boa parte da infância e da adolescência.

— Por que não posso ter um treinamento oficial?

— Porque para as mulheres de nossas épocas isso não é permitido.

— Mas não podemos acessar outras épocas através dos sonhos? Como estou fazendo agora?

— Podemos. Mas também existem limites para o que *devemos* fazer, January.

— Suponho então que não posso, ou não *devo*, perguntar o que diabos este livro está fazendo aqui.

— Pode e deve. Esta obra de ficção, como vocês chamam, contém personagens que são reais em seu mundo. Aliás, muitas são as obras em que isso acontece.

— Mas você não vai me explicar por que isso acontece.

O que posso lhe dizer é que em várias dessas obras alguns dos personagens citados são oneironautas, e as obras são escritas desse jeito como uma espécie de diários em código, para que leigos não entendam, mas oneironautas se reconheçam.

— Como as pistas de Arne Saknussemm. — O olhar de January se iluminou. — Que é ele próprio um oneironauta!

— Você está aprendendo.

— E isso me dá o direito de ler o *Livro dos Corações*?

Hipátia sorriu.

— Normalmente não, a menos que você soubesse ler hieroglifos. Por sorte... — E pegou outro rolo de papiro. — ...tenho aqui uma tradução para o seu idioma.

Ao acordar sozinha em seu quarto, muitas horas depois — pelo menos em sua percepção —, January ficou pensando em tudo o que sua instrutora havia lhe dito naquela aula. E se deu conta de que Hipátia sabia exatamente como iria morrer.

Capítulo oito

Um supervisor

"Em algum momento da vida, todo oneironauta é convocado para uma missão. A convocação é sancionada pela Ordem Superior e levada a efeito por um oneironauta experiente, que serve como supervisor. O trabalho do supervisor é quase sempre o de explicar os fatos da vida ao novato, ou seja, revelar a ele ou ela que seus sonhos não são fantasias do inconsciente, mas, sim, acessos da consciência a outras realidades, e essa é uma habilidade inata que é preciso aprender a controlar. O supervisor é antes de tudo um mentor e um mestre.
É importante observar que nem toda contraparte recebe a visita de um supervisor. A Ordem Superior determina qual delas tem mais possibilidades dentro da quase infinita série de corpos que abrigam uma mesma consciência ao longo dos séculos, e envia alguém para orientar um corpo determinado. Caberá depois a esse corpo orientar os demais corpos na linha do tempo. Conclui-se então que todo supervisor começa sendo primeiro supervisionado por alguém mais experiente e depois se torna seu próprio supervisor. A Ordem Superior pouco interfere."

Do *Livro das regras oníricas*

Jerry Pond era um supervisor.
Como muitos oneironautas, ele foi recrutado cedo, ainda na adolescência. Desde criança ele tinha sonhos estranhos, que o perturbavam e o faziam ter sentimentos contraditórios: às vezes ele fazia um esforço grande para não pegar no sono, e assim não ser submetido às visões de pesadelo que o acometiam quando fechava os olhos. Jerry frequentemente se via em mundos infernais, campos de batalha do passado e do futuro, em lugares que ele facilmente podia identificar como sendo na Europa ou nos trópicos, mas também em paisagens incompreensíveis, que ele de algum modo sabia pertencerem a outros mundos.

Mas nem tudo era guerra. Em outros momentos, ele sonhava que estava dando longos passeios em campos coalhados não de cadáveres ensanguentados, mas de flores multicoloridas. Ou passeando pelo que parecia ser uma estação espacial na órbita de um planeta cheio de anéis como Saturno. Quando tinha sonhos assim, seus dias eram mais agradáveis, e ele não só tinha menos medo de dormir como até mesmo um certo prazer, um desejo de sair viajando no reino dos sonhos e não voltar mais.

Seus pais não eram pessoas sem consideração. O pai de Jerry era médico em Brixton, mas passara alguns anos servindo no 18º Regimento de

Infantaria Nativa de Bombaim, em Gujarat. O próprio Jerry havia nascido e passado parte da infância na Índia. Talvez por isso seu pai tivesse sido tão leniente quando Jerry lhe descreveu um sonho muito vívido certa vez. Para o dr. Derek Pond, a imaginação superexcitada do filho se devia ao tempo passado na Índia, com folguedos entre crianças da aldeia próxima do regimento. Os aldeões, com seus deuses e mitos ancestrais, exerciam um fascínio imenso sobre o jovem Jerry. Com apenas seis anos ele já havia aprendido a falar o básico em hindi, gujarati e marathi, o que era mais do que a imensa maioria dos soldados britânicos estacionados ali sequer sonharia em falar. Seu pai achava tudo isso muito intrigante, particularmente a velocidade de aprendizado de Jerry, mas nunca pensou em minar a curiosidade do menino, que passava horas conversando com garotos de sua idade e com o sábio da aldeia. Na escola da guarnição — e não sem muita insistência de sua parte —, Jerry acabou aprendendo sânscrito com o dr. Patel, o único professor nativo, contratado para ensinar rudimentos de hindi aos oficiais que se interessassem. O dr. Derek era um dos três oficiais interessados de uma guarnição com cinquenta e seis oficiais e quatrocentos e setenta soldados.

Se o dr. Derek achava isso tudo intrigante e até um pouco exótico para o seu gosto britânico, sua esposa, Anne, estava achando a coisa um verdadeiro show de horrores. Criada como uma boa anglicana, ela fazia questão de levar Jerry à igreja da guarnição todo domingo, onde tentava incutir nele o temor a Deus e fazer com que ele se afastasse daqueles "escurinhos", como ela insistia em chamar seus amigos.

Jerry nunca conseguiu entender por que sua mãe achava a cor da pele de uma pessoa algo tão importante. Ele via além disso.

Porque não passava todo seu tempo fora da guarnição brincando. Ele queria saber por que achava tudo ali tão familiar, como se conhecesse cada planta, animal, característica do relevo, havia décadas — ou seja, muito antes de nascer.

Foi aí que Jerry descobriu o conceito de reencarnação.

O sábio da aldeia, a quem todos chamavam de Babaji, lhe ensinou tudo o que ele quis saber a esse respeito.

— Nascimento e a morte — Babaji disse um dia — são ilusões. É tudo ardil de Māyā, que é o aspecto ilusório da energia material. Na verdade, vida é morte, e morte é vida, pois quem nasceu já começou a morrer, e quem morreu já começou a viver.

— Não entendo — Jerry respondeu.

Então Babaji abriu um sorriso paternal.

— Entende, sim — ele disse. — Você só não lembra.

Jerry passou dois anos tentando lembrar.

Enquanto isso, ao seu redor, a guerra — a Segunda Guerra Mundial — explodia em conflitos e batalhas. O rumor das armas nunca chegou à sua região, embora o medo de que isso acontecesse fosse algo constante. Anne vivia insistindo com Derek para que voltassem a Londres o quanto antes. Derek sempre respondia que isso era impossível, que Londres, aliás, estava sofrendo bombardeios nazistas, e que Gujarat era muito mais seguro para eles. O que era a mais pura verdade.

A família Pond só conseguiu voltar à Inglaterra em 1946.

Jerry tinha oito anos de idade — mas isso só por fora. Por dentro, ele tinha a certeza de que era muito mais velho, de tantas vidas que tinha vivido. Seus sonhos, cada vez mais vívidos e detalhados, mostravam muitas realidades diferentes. E ele sempre voltava para várias dessas realidades, mas nunca tinha o mesmo sonho. Eram momentos diferentes das mesmas vidas, ora paisagens idílicas, amores, beijos, abraços e até mesmo sexo, algo que Jerry nunca havia experimentado, mas que nos sonhos vivenciava com excesso de detalhes anatômicos, mas também conflitos, lutas e mortes, inclusive a sua própria, não uma, mas muitas vezes, com a mesma riqueza crua de detalhamento. Depois que retornaram da Índia, Jerry nunca mais falou desses sonhos com ninguém. Continuou a estudar hinduísmo e budismo para tentar entender melhor as coisas que Babaji havia lhe ensinado quando era pequeno demais para absorver tudo.

Uma noite, pouco depois de completar quinze anos, Jerry Pond recebeu finalmente a visita de um supervisor, e sua vida nunca mais foi a mesma.

Foi, claro, dentro de um sonho. Era numa realidade com a qual Jerry estava mais do que acostumado, pois sonhava com ela desde os seis anos. Era 1812 e ele era um suboficial do exército de Napoleão Bonaparte. Eles haviam acabado de atravessar o rio Neman, na Lituânia, e agora estavam no *oblast* de Kaliningrado. O objetivo: invadir a Rússia.

Jerry Pond — ou melhor, o tenente Jules Petit — estava com tanto frio que mal conseguia pensar. Pensando bem, talvez tenha sido o primeiro sonho que Jerry percebeu que não era bem um sonho. Ele conseguia sentir o frio penetrando os ossos pelas roupas, e acordava sempre gelado. Os casacos da Grande Armée eram grossos o bastante para as baixas temperaturas da França e até mesmo dos Alpes, mas nada poderia prepará-los para o General Inverno, como essa estação do ano era conhecida pelos russos. A trinta graus Celsius negativos, os botões de estanho dos casacos se desintegravam, mas, mesmo que permanecessem fechados, não conseguiam proteger os soldados o suficiente.

Mas Petit não morreria de frio. Aquele era um dos poucos sonhos que tinha onde ele não morria em batalha, aliás. Jerry sabia disso porque já sonhara com outros momentos de Jules Petit, inclusive seu casamento com uma bela jovem cujo nome ele não conseguia lembrar, mas que lhe dera quatro filhos e com quem o jovem Jerry tivera sua primeira polução noturna ao se ver na cama como Jules, fazendo amor com a esposa.

Mas agora Petit estava na Rússia, de onde levaria meses para voltar. Nesse sonho específico, ele estava dentro de um estábulo caindo aos pedaços, cuidando de seu cavalo, ansioso para se reunir a um grupo de hussardos que comia o rancho ao redor de uma fogueira cujo calor ele desejava ardentemente.

— Tenente Petit? — uma voz grossa e muito baixa disse às suas costas.

Petit só não deu um pulo porque o frio não deixou, mas levou um susto dos diabos. Virou-se e disse entre dentes:

— Sim?

O homem à sua frente tinha a insígnia de capitão. Era um homem alto e muito magro, com um bigode grosso e encerado nas pontas. Sua altura era tal que o capote de inverno do oficialato mal passava da cintura. Ele se mantinha rígido, mas era evidente que fazia um esforço enorme para não tiritar de frio.

— Capitão D'Hubert — ele se apresentou.
— *Mon capitaine.* — Petit bateu continência.

D'Hubert fez um gesto para que o tenente descansasse.

— Preciso falar com você. Não temos muito tempo.
— Por quê, capitão?
— Venha comigo. — E foi saindo do barracão.

Petit respirou fundo. Estava tão cansado! Talvez o capitão fosse mandá-lo numa missão de reconhecimento para longe dali. Mas não havia nada para reconhecer; os sapadores já haviam feito isso assim que chegaram. Os russos adotaram a estratégia de terra arrasada: fugiam, levavam tudo o que podiam e incendiavam o resto, só para que o exército de Bonaparte não tivesse nem o que comer nem onde se abrigar. Infelizmente para ele, a estratégia estava dando muito certo.

— Não vou mandar você para reconhecimento, fique tranquilo — D'Hubert falou.

— Mas como o senhor sabia que eu estava pensando isso?

— Não importa. Escute o que tenho a lhe dizer; sua vida pode depender disso. Essa e as outras.

— As outras?

— Você sabe. Os sonhos que você tem desde criança.

Então Petit se lembrou. Ele tinha sonhos com outros lugares, em que vivia a vida de outras pessoas.

— Você faz parte de um exército, Petit.

— Claro, senhor. Eu cumpro com o meu dever para a Grande Armée.

— Não é deste exército que estou falando. Existe outro, bem mais importante no grande esquema das coisas.

— Não estou entendendo, capitão.

— Cale-se e ouça. Seus sonhos, a maioria deles pelo menos, são reais. Você viveu e viverá outras vidas. Em cada uma delas, você será um agente da Fraternidade dos Oneironautas.

— Oneironautas?

— Aqueles que navegam pelos sonhos. Você e eu somos oneironautas.

— Mas... mas...

— Por favor, fique calado. Você precisa ouvir com atenção. Vou aparecer para você de tempos em tempos com instruções. O homem que você conheceu como Babaji foi seu primeiro instrutor. Haverá outros. Eu serei seu supervisor aqui neste mundo.

— Mas quando? Como?

— Quando você sonhar novamente.

— Estou sonhando agora?

— Não. Você está sendo sonhado. — E D'Hubert estalou os dedos.

Então Jerry acordou. Com a pele arrepiada e sentindo um frio enorme. Levantou-se e pegou um cobertor no armário. Era julho e fazia calor na Londres de 1953.

Esse foi só o começo.

Capítulo nove

Uma aprendiz

"Quando o oneironauta é abordado pela primeira vez por um supervisor, ele automaticamente se torna um aprendiz. Se ele aceitar se tornar um membro da Fraternidade, receberá treinamento do supervisor pelo tempo que este achar necessário. É importante salientar que ambas as funções — supervisor e aprendiz — são simbólicas, e se referem a posições temporárias e relativas, não cargos burocráticos assalariados. Os membros da Fraternidade não são empregados nem funcionários; eles são *agentes* no sentido mais direto da palavra, ou seja, indivíduos que têm agência, que atuam sobre determinadas situações. Eles também são voluntários, o que significa que a Fraternidade não possui nenhum poder efetivo sobre eles; o que ela pode fazer de concreto, e faz, é apelar para a razão de seus agentes e orientá-los a fim de que cumpram a missão de modo satisfatório.

Por se tratar de trabalho voluntário, a Fraternidade não garante nenhuma remuneração aos seus agentes. Dependendo da situação, a Ordem Superior autoriza o pagamento de despesas. Cada caso é analisado separadamente."

Do Livro das regras oníricas

Para todos os efeitos, January Purcell era uma aprendiz.

Era um conceito difícil para ela, porque era injusto. Afinal, ela tinha de fato muitos anos de experiência como agente da Fraternidade — só que na pele de sua contraparte do século XX. Jerry Pond teve uma vida bem mais interessante e privilegiada do que ela. Porque era outra época, e porque ele era homem.

E, no entanto, ela era ele.

Então, por que Burton a rejeitara? Tudo o que ela sabia a respeito do grande explorador era que ele sempre fora um homem à frente de seu tempo. Falava mais de vinte idiomas, estudou hábitos e costumes de diversos povos na Ásia e na África. January sabia — ainda que nunca tivesse tido a oportunidade de ler — que ele havia traduzido uma versão completamente sem censura de *As mil e uma noites*, repleta de referências explícitas a sexo. E também o Kama Sutra indiano — do qual (e isso January não contaria a ninguém jamais) Jerry Pond havia visto algumas ilustrações na biblioteca de seu pai sem que ele soubesse.

Mas era uma pergunta retórica. É claro que January sabia a resposta.

Ali, naquela vida, ela nascera mulher. E, ali, mesmo com uma mulher no trono da Inglaterra, o chamado sexo frágil — e January se perguntava sempre que ouvia essa expressão: o quão frágil é uma mulher quando dá à luz um bebê? Um homem teria tamanha força e resistência? — quase não tinha oportunidades. Só recentemente uma mulher havia sido indicada como funcionária pública no Império (descontado o trabalho nos Correios, onde elas já atuavam), e mesmo assim essa indicação não havia feito com que muitas mulheres fossem contratadas desde então.

Recentemente, no caso em questão, era 1878, coisa de dez anos antes. Nessas horas January gostaria muito de viver no século XX. Mas como ela mesma, não como sua contraparte masculina.

O que era impossível. Ela não conseguia se lembrar de contrapartes mais adiante no futuro, e no entanto tinha certeza de que seria mulher em várias delas, não havia como isso não acontecer. Teria de se consolar com esse pensamento, ao menos por enquanto.

Em sua casa, January fazia os últimos preparativos para a viagem. Levava roupas de inverno, mas também de verão, conforme o dr. Jones havia recomendado; provisões e equipamentos seriam fornecidos por ele. Depois de pensar um pouco, decidiu acrescentar um par de calças em estilo turco ao vestuário da expedição. Nem todos os homens achavam apropriado que mulheres usassem calças, mas, se ela ia praticar alpinismo, não era racional supor que usasse saias. Gostaria de ter conseguido o endereço da srta. Sklodowska. A polonesa parecia ser uma mulher bem pragmática: talvez ela tivesse sugestões sobre o que vestir.

Não importava. January sabia o que fazer. Podia ser uma agente novata em sua realidade, mas até o momento sua vida não era nem um pouco desinteressante.

A começar pelos antepassados: January descendia de Henry Purcell, o grande compositor do barroco inglês do século XVII. Como toda moça vitoriana, ela aprendeu a tocar piano desde muito cedo. Mas, para desgosto de sua mãe, exímia pianista — mais que de seu pai, diplomata —, ela não levava jeito para música. Na verdade, January sempre achou a arte de modo geral uma grande perda de tempo.

Não que desprezasse o fazer artístico: o que ela não gostava era de perder tempo. E ficar sentada na frente de um piano ou na plateia de um teatro. Desde a infância ela tinha o hábito peculiar de contar mentalmente os segundos quando ia assistir a uma peça ou uma ópera, do momento em que entrava no teatro até sair dele. Ela era boa com números, para desespero de Helen.

Sir Philip também não tinha jeito para a música, e achava a diplomacia (e o Grande Jogo) bem mais excitante que as notas de uma partitura, por isso não se incomodava com a falta de talento da filha. Ia aos concertos e óperas porque era adequado para um homem de sua posição social; era importante ver e ser visto, não importava quem estivesse no palco, o que para ele francamente não fazia a menor diferença.

Quando January completou quinze anos, sua mãe começou a se preocupar com casamento. Já estava passando da hora de arrumar pretendentes para a filha. January não demonstrava pressa nenhuma, até porque nenhum rapaz a interessava: todos pareciam tão insípidos quanto as músicas que ela era obrigada a tocar no piano para as (felizmente poucas) visitas ao lar dos Purcell em Chiswick.

Mas a coisa começou a ficar feia quando ela disse aos pais que gostaria de frequentar uma universidade. January revelara desde cedo uma aptidão para números e ciências de modo geral, e em particular o estudo da geologia. Se por um lado achava incrivelmente tedioso ficar sentada num teatro, ficava encantada pela possibilidade de passar horas examinando formações rochosas ou mesmo o interior de cavernas, o que fizera pela primeira vez ainda criança. Tinha treze anos quando visitou com um dos irmãos de sua mãe a Caverna de Lost John em Lancashire.

Essa caverna fazia parte do maior sistema de cavernas do Reino Unido. O Sistema dos Três Condados é um conjunto de sistemas de cavernas solucionais de calcário interconectadas que abrangem as fronteiras de Cúmbria, Lancashire e North Yorkshire, no norte da Inglaterra. São mais de 86 quilômetros de comprimento, dos quais a Caverna de Lost John percorre cerca de cinco. January, claro, não andou mais de quinhentos metros, por muito que insistisse com o tio, um guia experiente em conduzir pessoas adultas, mas não meninas de treze anos.

Mesmo assim, a experiência de penetrar naquela caverna marcou January profundamente. Ela não sentiu medo algum do escuro que a fraca luz da lanterna quase não conseguia dissipar, nem da possibilidade de se perder naquele sistema de túneis imensos, mas que, segundo seu tio, iam ficando cada vez mais estreitos e apertados à medida que se avançava. Afinal, a caverna não tinha aquele nome à toa, ainda que ninguém mais soubesse quem diabos havia sido o tal do John e como ou quando ele fora se perder ali.

Outra coisa que marcou January de modo indelével foi o sonho que ela teve naquela mesma noite.

Nesse sonho, ela estava numa caverna não muito diferente em termos de tamanho daquela na qual havia entrado mais cedo. Mas a semelhança acabava aí: uma grande poça, quase um laguinho na verdade, cintilava com um líquido que parecia água, mas emitia um brilho fosforescente azulado estranho. Isso tornava as paredes da caverna um pouco arroxeadas, motivo pelo qual January deduziu que a cor original delas devia ser vermelha.

Sua pele — o que ela conseguia ver quando olhava para baixo — também estava roxa, o que ela achou divertido. Seria ela uma "pele-vermelha"? Será que aquela caverna do sonho ficaria nos Estados Unidos? Essa suposição fazia sentido para January, pois ela estava segurando na mão direita algo que parecia um misto de espada com machado, e na esquerda um escudo. Ambos eram pesados, mas ela estava acostumada; seus braços eram musculosos. E o melhor de tudo: January ainda era uma mulher no sonho.

E não estava só. Perto dela, sentado numa rocha, um homem. Ou pelo menos era isso o que ele parecia, a julgar pelo corpo esguio e aparentemente de altura considerável. Mas a figura tinha cabelos vermelhos compridos, que lhe caíam numa franja sobre os olhos e cobriam sua nuca. Ele usava uma roupa multicor quase grudada no corpo. Ao seu lado, um objeto semelhante a uma lança, mas retorcido de um jeito que lembrava o desenho de um relâmpago.

— Respire — ela disse para a figura. — As Aranhas vão chegar em breve.

A figura se virou para ela e ela percebeu que era de fato um homem, e além disso com uma característica bastante incomum: olhos de cores diferentes. O olho direito era castanho. O esquerdo, entretanto, era azul, e essa não era a única diferença entre eles. A pupila do olho direito do homem parecia permanentemente dilatada, ao passo que a do outro era de tamanho normal. E ele disse a ela, parecendo atordoado:

— Vida em Marte?

E January despertou.

Como em tantas outras vezes, Hipátia estava ao seu lado no quarto.

— O que foi aquilo? — ela perguntou depois de alguns segundos em silêncio.

— Como assim?

— Esse sonho não tem nada em comum com os outros que tive até hoje. As roupas, o aspecto do homem, tudo é tão estranho... — E, então, arregalando os olhos como se tivesse adivinhado uma charada: — É o futuro?

— Você sabe que eu não posso revelar coisas que estão por vir, January.

Mas a menina de treze anos sorriu triunfante.

E, agora, a mulher de vinte e oito se lembrava de onde tinha visto o dr. Jones.

January estremeceu. Era dezembro e fazia frio na Londres de 1888.

Capítulo dez

Uma expedição

"Todo mundo sonha. Mesmo que você pense que não. Você apenas não consegue se lembrar. Normalmente, porém, os sonhos são apenas sonhos. O que diferencia um oneironauta de, digamos, pessoas 'normais' é uma questão de *acesso*. Oneironautas são capazes de acessar uma porta para uma fonte especial de sonhos. Esta fonte foi descoberta no século XVIII por Franz Mesmer, quando fazia pesquisas sobre o magnetismo animal.

Entre outros livros, ele leu o *Timeu*, de Platão. Este é um dos diálogos mais famosos do filósofo grego, porque é onde ele estabelece uma distinção entre o que ele chama de mundo físico e mundo eterno. O físico é o nosso mundo, onde tudo surge, muda e por fim perece. O mundo eterno, por outro lado, nunca muda; contém formas ou ideais eternos. Uma cadeira, por exemplo: existe um grande número de diferentes tipos de cadeiras que se pode construir em nosso mundo — mas o modelo original, o gabarito, por assim dizer, vem do mundo eterno. Sempre esteve lá, para começar; nós apenas o retiramos de lá de alguma forma. Mesmer percebeu que acabara de descobrir *onde*.

Esta fonte especial recebeu o nome de Existir. A saber: tudo o que existe em nosso mundo existe antes de tudo nesse outro lugar."

Do *Livro das regras oníricas*

E ram sete da manhã quando January chegou à Victoria Station. Entrou pela plataforma central da estação ferroviária e dali tomou o elevador para o aeródromo. Os dirigíveis — uma frota inteira deles, pelo menos uma dúzia — estavam ancorados em pilares altos e estreitos que pontilhavam o terraço da estação.

A maioria das pessoas que chegava à estação contratava carregadores para levar suas bagagens. January passou parte da noite selecionando o que levaria na expedição. Num primeiro momento, tinha pensado em levar apenas uma pequena mochila com pertences pessoais e também uma mala de tamanho médio com roupas e casacos. Mas se deu conta de que esse pensamento não era exatamente seu, pelo menos não do seu eu de fins do século XIX. Em 1968 seria fácil viajar com pouco, ainda mais se você fosse homem. Não era o caso ali, infelizmente. Por isso, logo ao descer do cabriolé, January acabou tendo que solicitar o serviço de carregadores para seus dois enormes baús.

Quando chegou ao pilar onde o dirigível estava atracado, viu a figura corpulenta do coronel Dravot ali parado, as costas muito retas, como se montasse guarda. January não conseguiu conter um estremecimento, mas torceu para que ele não tivesse reparado. Dravot apenas tirou o chapéu para ela com cortesia forçada e apontou na direção da escada de metal que levava ao veículo deles. Só então January se lembrou de olhar para cima.

O dirigível era imenso. Sem dúvida o maior que January tinha visto na vida, e ela conhecera alguns, graças aos amigos de seu pai. Ela tinha nove anos quando embarcou no seu primeiro veículo mais leve que o ar, o balão *Le Géant*, do fotógrafo e entusiasta Félix Nadar. As circunstâncias não foram lá muito agradáveis: a família Purcell estava num misto de missão diplomática e turística, mas os três precisaram fugir às pressas quando os soldados prussianos invadiram Paris em setembro de 1870.

(A essa altura, January já sabia — através de seus sonhos e dos de Jerry — que não era nem a primeira nem a última vez em que vivenciaria uma invasão à capital francesa. Mas não gostava de pensar nisso.)

Além do balão de Nadar, January, com e sem seu pai, voou em alguns aeróstatos na Alemanha e na Inglaterra também, quando os dirigíveis finalmente passaram a ser mais utilizados nas Ilhas Britânicas. Mas aquele ali na Victoria Station era sem dúvida o maior e mais avançado de todos.

Devia ter pelo menos uns cem metros de comprimento. A gôndola, talvez uns sessenta ou setenta? Não conseguia precisar.

— É uma aeronave e tanto — comentou o coronel Dravot, sem que ela tivesse pedido sua opinião. — Possui nada menos que três motores Maybach de doze cilindros. Cada um consegue desenvolver até 550 cavalos de força. Tecnologia alemã, sem dúvida um produto de qualidade superior.

— Superior a quê? — foi tudo o que January conseguiu falar, sem esconder o desprezo, e se encaminhou para a escada antes que ele tentasse responder à pergunta puramente retórica.

Por dentro, a gôndola parecia ainda maior. Ao subir a escada, January entrou por um cômodo que nada devia ao vestíbulo de uma típica casa britânica, recoberto de painéis de madeira escura, com uma fileira de ganchos de metal para que os passageiros pudessem pendurar chapéus e casacos. Mas ela não tirou nenhuma peça de roupa do corpo.

Direto à sua frente, uma porta aberta revelava um corredor muito extenso, cujo final ela não conseguia vislumbrar de onde estava. Mas era maior que o comprimento de um vagão de trem e, como um deles, salpicado de portas do lado direito. Ao adentrar a passagem, January pôde ver Londres do alto pelas janelas à esquerda. Com as torres góticas da Abadia de Westminster e logo depois o ponto onde o Tâmisa literalmente fazia a curva, a paisagem se tornava ainda mais bela com o sol que saía ocasionalmente dentre as nuvens e banhava os dirigíveis que partiam e chegavam em tons prateados e dourados.

January amava aquela cidade.

Sentiu um cheiro acre de fumaça e voltou sua atenção para o corredor. A terceira porta da fileira interminável estava aberta; ela avançou alguns passos e deu uma espiada ali dentro. Era uma espaçosa sala de reuniões, com uma mesa de ébano bem encerado e oito cadeiras de espaldar alto forradas de couro vermelho-sangue. No outro extremo, o dr. Jones já estava lá, fumando um charuto. A janela atrás dele estava aberta. Soprava um vento forte e frio.

— Bem-vinda ao *Pagão*, srta. Purcell. Por favor, sente-se.

Ela se sentou a duas cadeiras dele.

— Nome curioso — disse ela.

— É verdade, não é? Meu breve tempo no Afeganistão me levou a uma grande apreciação pelos árabes. Li o Alcorão e alguns textos traduzidos por Burton.

— O senhor conhece Sir Richard?

— Eu fui apresentado a ele, embora tenhamos conversado apenas uma vez. Sou um admirador de suas aventuras. — Ele puxou um pouco de fumaça e soprou. — Animada para a nossa expedição?

— Muito. Quando vocês dois se conheceram?

Ele franziu a testa.

— Em uma recepção no Museu Britânico, há dois anos. Compartilhamos algumas lembranças do Oriente Médio, mas a esposa dele estava ansiosa para partir, então adiamos o resto das reminiscências para um dia no futuro.Devo supor que a senhorita o conhece?

— De passagem. — Ela sorriu. — No Clube Oneiros.

A expressão do dr. Jones não mudou.

— Nunca ouvi falar — disse ele. — Deixaram que entrasse?

— Não sem alguma dificuldade — ela admitiu. — Mas sou membro de pleno direito.

Ele sorriu.

— Deve ser um clube muito interessante.

— Bastante.

— Posso perguntar o que seus membros devem fazer para ingressar? Eles são exploradores?

— De certo modo, sim.

Ele soltou uma nova baforada do charuto, dessa vez com um suspiro.

— Não sou um explorador, infelizmente. Tive meu quinhão de viagens ao redor do mundo. Acredito no poder das novas experiências para nos manter sempre atentos, sempre renovados, entre as pessoas que realmente estão vivas neste mundo. Sabe, srta. Purcell, às vezes eu sinto como se estivesse vivendo em um sonho. Os hindus acreditam em tal conceito; para eles, somos apenas o sonho de Brahma, e quando esse deus todo-poderoso, criador de tudo, finalmente acordar, esse sonho se dissolverá no nada. — Ele suspirou melancólico. — Mesmo assim, não sinto vontade de fazer nada precipitado, como o sr. Phileas Fogg. Suponho que saiba da louca aventura dele?

— Sei, sim. — January escondeu sua surpresa. Então, assim como Saknussemm, Fogg também era mais do que um personagem de um livro naquela realidade. E provavelmente um oneironauta. Reprimiu um suspiro. — Mas não concordo com sua autoavaliação, dr. Jones. Afinal, o senhor é de fato um explorador. Caso contrário, por que ir à Islândia para descer a caldeira de um vulcão extinto para encontrar diamantes...? — Ela deixou a frase morrer.

Mas Jones a ressuscitou para ela:

— ...quando eu poderia encontrá-los em abundância em outros lugares do mundo? Sim, por quê? Confesso que não sei ao certo. Sempre tive esses sonhos nos quais estou praticando atos cavalheirescos. O interessante, porém, é que nunca sonho com castelos, belas donzelas em perigo e armaduras reluzentes. Uma vez sonhei que estava sozinho, quase nu, em uma planície de poeira vermelha, lutando contra imensas aranhas, e de alguma forma o destino da Terra dependia apenas de mim. — Ele riu sem nenhum humor; seu rosto magro exibia mais um ricto do que um sorriso de verdade, pensou January, com muita dificuldade de esconder seu espanto. Pois ela se recordava daquele sonho tão bem quanto ele. — Coisa assaz infantil, não acha? — perguntou, como se estivesse se desculpando.

Ela não deixou que ele percebesse. Decidiu seguir por outro caminho.

— Não de acordo com o dr. Freud.

— Sim, eu li o médico vienense. É fascinante sua tese sobre como os sonhos podem ser mensageiros da mente inconsciente. Até cheguei a pensar que seria o meu caso, mas temo que o simbolismo seja muito simples, até superficial.

— E a que equivaleria esse simbolismo?

Ele deu de ombros.

— Uma necessidade desenfreada de excelência. Receio que essa seja uma característica muito comum para alguém que estudou em Eton.

— Isso pode ser verdade. Mas os sonhos raramente são simples. Eles têm profundidades insuspeitadas. Mesmo para alguém que estudou em Eton.

— Não duvido. Na verdade, depois dos meus sonhos com Saknussemm, posso dizer que a senhorita está absolutamente certa.

— O que esses sonhos lhe disseram?

— Durante a sequência de dias em que tive o sonho do túnel, vi o alquimista algumas vezes. Ele me mostrou com razoável precisão o caminho dentro da Câmara de Diamantes. Com a ajuda de Hans, não tenho dúvidas de que chegaremos lá em breve.

— O senhor acha que encontrará Saknussemm lá?

— Não sei. Mas tenho a forte sensação de que encontrarei algum tipo de orientação lá embaixo.

January apenas assentiu. Sem poder consultar a Biblioteca Onírica para saber mais detalhes a respeito de Jones (e de Saknussemm), ela teria que esperar até chegarem ao vulcão para obter mais informações.

— Quantos dias até chegarmos ao nosso destino?

— Dois — respondeu o dr. Jones. — A viagem até Reykjavik levará cerca de dez horas. De lá, mais duas horas até o sopé da montanha, se o tempo ajudar. Não existe aeródromo no fiorde de Stapi, mas este aqui também não é um veículo comum.

— Reparei quando cheguei. É um dirigível impressionante.

— Não é um dirigível, srta. Purcell, mas, sim, uma *aeronéf*. Mandei construí-la conforme especificações que me foram gentilmente cedidas por *Monsieur* Robur, um antigo parceiro comercial meu. O *Pagão* possui oito hélices propulsoras na parte de baixo para pouso e decolagem verticais, além de uma hélice na proa e outra na popa numa configuração tratora-propulsora. Tudo isso confere a este veículo uma capacidade de manobra sem igual no mundo. Ele só não é capaz de nos deixar na caldeira do Snæfellsjökull devido aos fortes ventos que assolam a região, mas o percurso do fiorde até o vulcão não será nenhum transtorno. Vocês terão um dia de descanso para se aclimatar, ainda que não seja de fato necessário. Faz muito frio na Islândia, mas Saknussemm e os escritos do dr. Lidenbrock me asseguraram de que a temperatura no centro da Terra é temperada, quase tropical em alguns trechos.

De fato, ela pensou. Tempo de sobra para se preparar para as variações no clima, o que talvez não fosse tão difícil assim, uma vez que era verão na Islândia. Claro, ela estava bem ciente de que tudo poderia ser apenas um desejo de que tudo desse certo. January ainda não tinha peças suficientes para desvendar o enigma, e isso a incomodava profundamente.

O dr. Jones tirou seu relógio do bolso do colete e o consultou. Em seguida, apertou o que parecia ser uma campainha metálica em cima da mesa.

— Partiremos às nove. Um tripulante irá levá-la ao seu alojamento agora para que se acomode. Às oito e meia será servido o desjejum no salão de jantar, que fica ao fim do corredor. Então falaremos mais a respeito do que nos aguarda e de quais as suas funções nesta expedição. — Nesse instante, surgiu à porta um jovem trajando um uniforme semelhante ao de um marinheiro, imaculadamente branco, sem nenhuma divisa de posto ou símbolo pátrio, mas uma curiosa estrela negra de cinco pontas no lado esquerdo do peito.

Ao perceber a curiosidade de January, o dr. Jones prontamente a atendeu em sua pergunta silenciosa.

— A estrela negra é o meu símbolo, srta. Purcell. Sempre fui considerado a ovelha negra da família, mas, quando criança, uma cigana me disse que minha estrela brilharia mais forte do que qualquer pessoa poderia imaginar, neste e em outros mundos. Criei portanto este signo para que todos me reconheçam quando chegar a hora.

January precisou se conter para não perguntar a ele se a cigana havia dito isso de verdade ou se fora num sonho. Porque isso tinha todo jeito de ter sido algo arquitetado pela Fraternidade.

Capítulo onze

Uma casa

"A Casa é uma das maneiras mais seguras de entrar no Existir. Não é 'uma' casa, mas a casa ideal, a essência de uma casa. É por isso que cada oneironauta a vê à sua maneira especial, recorrendo à sua memória para criar na mente um ponto de entrada muito particular no Existir. Para alguns ela é um casebre caindo aos pedaços; para outros, um suntuoso palácio. Ela nunca se apresenta da mesma maneira duas vezes. E possui um número infinito de portas, nem todas as quais estão liberadas para uso humano.

Uma coisa que se deve sempre ter em mente ao entrar no Existir é: o tempo passa diferente lá. Não existe tempo linear. Alguém pode passar a vida inteira pensando nisso, desde que nunca experimente o estado de sonho. O oneironauta deve tomar cuidado ao viajar entre as realidades e sempre voltar pela mesma realidade que veio. O não cumprimento desse alerta pode ter consequências imprevistas."

Do Livro das regras oníricas, edição revista e atualizada

January visitou a Casa pela primeira vez logo depois de ter lido o *Livro dos Corações*. Ainda estava um pouco desorientada com tudo o que Hipátia havia lhe dito naquele sonho. Cada lição que January recebia era importante, mas aquela fora algo especial.

— O Existir é vasto demais para ser compreendido — Hipátia explicou quando January pôs o papiro de lado. — É impossível até mesmo de vislumbrar. Algumas pessoas de sensibilidade mais aguçada podem enlouquecer só de tentar fazer isso. Dizem que isso era muito comum antes da descoberta da Casa.

— Como assim, descoberta? Pensei que a Casa tivesse sido inventada.

— A origem do conceito se perde no tempo. O que sabemos é que a Casa é uma âncora no mar do Existir. Sem ela nos afogaríamos facilmente. Todo oneironauta precisa da Casa para navegar pelas Infinitas Realidades.

— E como eu faço para entrar na Casa?

Hipátia riu. Era um riso seco, de alguém que não estava muito acostumada a rir.

— Você ainda não percebeu? Olhe ao redor.

January olhou ao redor. Viu o scriptorium de Hipátia em detalhes, as paredes, as colunatas, os nichos com os rolos de papiro, o chão com piso de mosaico que só agora ela percebia, com desenhos de peixes e polvos como uma paisagem submarina. Era de uma beleza profunda, ainda mais para uma mulher que crescera na Londres sisuda e sombria do reinado de Victoria.

— Entendo que isto aqui é uma espécie de sonho, mas eu estou dentro do Serapeum. E o Serapeum existe no mundo real, certo?

— Venha comigo — disse Hipátia.

A instrutora guiou January de volta pelos mesmos corredores da ida. Mas subitamente parou no meio de um deles e se virou para sua aprendiz.

— Escolha uma porta.

Só então January reparou que o corredor estava de fato repleto de portas. Eram da mesma cor de areia das colunas e iam do chão ao teto. Mas não tinham maçanetas, o que as tornava quase invisíveis para olhares distraídos.

E, como todas eram iguais, ela não perdeu tempo. Aproximou-se da porta mais próxima à sua direita e a empurrou.

Do outro lado, um oceano da cor do vinho e mil navios.

Por um instante January sentiu tontura e achou que fosse vomitar. Apoiou-se na colunata à sua direita, mas era incapaz de desviar o olhar da cena à sua frente: ela via tudo do ponto de vista de alguém que estava num barco. Mais adiante, casas muito brancas sobre rochedos escuros, e ao fundo uma construção maior que dominava o cenário. Não chegava a ser um castelo, pelo menos segundo a concepção de January, mas era quase isso.

— Troia — Hipátia disse, séria. — Eu estava lá, durante o cerco.

January ficou impressionada.

— E quem era você lá? Aquiles? Heitor?

Dessa vez a risada de Hipátia foi um soluço triste.

— Eu não era ninguém. Um soldado dos aqueus. Não fui citada por Homero, e olhe que ele citou quase todo mundo que lutou naquela guerra.

January finalmente conseguiu desviar o olhar, e Hipátia fechou a porta para ela.

— Quer dizer que cada porta corresponde a uma vida?

— Cada porta é o acesso a uma contraparte sua em outra realidade.

— Quantas portas existem aqui?

— Mais do que podemos abrir.

— E não podemos abrir todas? — ela perguntou, mas sem esperar resposta avançou mais alguns passos e abriu outra. E depois outra. E viu diferentes cenários em épocas diversas. Não conseguiu entender tudo o que viu, nem Hipátia ofereceu explicações.

Até que uma das portas permaneceu fechada ao seu toque.

— Por que esta não abre?

— Ela está sendo usada neste momento.

— Como assim?

Hipátia não respondeu.

Naquela noite January acordou com mais perguntas do que respostas. Desde então, Hipátia a ensinou a usar sua própria Casa, pois agora ela tinha plena capacidade de acessar o Existir sozinha.

E era exatamente o que iria fazer ali, a bordo do *Pagão*.

January mal teve tempo de abrir as malas e retirar o necessário para a viagem, mais curta do que ela havia imaginado. Ela preferia ter a possibilidade de dormir a bordo da *aeronéf* para tentar consultar suas memórias mais uma vez ou — ela vinha pensando nisso desde a madrugada passada —, quem sabe, arriscar um contato onírico com Sir Richard? Agora que sabia como entrar nos sonhos de outros graças a Hipátia, isso seria possível, mesmo que não necessariamente desejável: sabia que o velho aventureiro não ia gostar nada de ter seus sonhos invadidos, mas cada um luta com as armas de que dispõe.

Sacou seu relógio da bolsa e viu as horas. Cinco para as oito. Se não podia dormir um sono profundo, trinta e cinco minutos era tempo mais que suficiente para acessar a Casa e tentar fazer mais uma busca pelos dados de que precisava.

Certificou-se de que sua cabine estava trancada por dentro e começou a despir o que era possível em tão pouco tempo. Primeiro desabotoou os sapatos, feitos sob medida para seus pés, de modo que era sempre um sacrifício colocá-los e outro maior ainda tirá-los. Depois as meias, que eram a parte mais fácil de todas. Estava tentada a tirar o espartilho, mas seria muito difícil colocá-lo de volta rapidamente sem ajuda (maldita coisa, ela pensou, agradecendo às Infinitas Realidades por não ter que usar essa tralha infernal em suas outras contrapartes). Desabotoou a blusa e tirou-a, o que de algum modo já lhe garantia um pouco de conforto e de facilidade para respirar, e se deitou sem mais delongas em seu catre de metal. (O colchão era incrivelmente macio e confortável, ela constatou agradecida.) January fechou os olhos e começou a respirar lenta e compassadamente.

Primeiro, ela visualizou uma rosa branca, desabrochando lentamente, desdobrando-se em pétalas finas e marmorizadas com veios azuis. A rosa flutuou devagar em seu campo de visão, encolhendo-se pouco a pouco até virar um camafeu. January estendeu a mão para pegá-lo, fazendo o objeto desaparecer em sua mão.

E então viu a porta.

Era uma porta como qualquer outra, mas não era. Toda vez que ela mergulhava no estado de sonho, se deparava com uma porta diferente. O processo podia ser controlado até certo ponto, mas nem sempre ela podia dizer onde e quando terminaria.

Mas daquela vez uma coisa era certa: January não voltaria ao seu corpo do século XX, não enquanto o vaso masculino de sua consciência estivesse passando por uma cirurgia. Por isso, ela não conseguiria projetar sua consciência em outras realidades. Mas, se não conseguia abrir uma porta, poderia abrir uma janela.

Viu uma janela azul.

De repente, January se lembrou de que aquela era uma janela de sua infância (mas qual infância? A dela própria em Chiswick, a de Jerry Pond em Gujarat, ou talvez a do tenente Jules Petit em Nantes?). Madeira azul, velha, com ripas rachadas e cheirando a mofo. Ela podia ver a luz do outro lado, fluindo fracamente através dela.

January tocou a madeira, acariciando as ripas sem pressa — o tempo na Casa não corria como nas Infinitas Realidades. E, aos poucos, com um certo esforço, abriu a janela. Mas não muito, apenas o suficiente para espiar. Agora January era uma espectadora na paisagem de outra realidade. Quase como se estivesse em um teatro. Então fez a única coisa que caberia a um espectador: assistiu.

E começou a ver cenas de outra vida. Mas não dela, e sim do dr. Jones.

A princípio, ela não entendeu muito bem o que estava olhando — até que não apenas seus olhos, mas também sua mente, ainda razoavelmente sintonizada com sua contraparte masculina, se ajustaram. E ela entendeu: por coincidência, estava, sim, num teatro, junto a outros espectadores, mas um teatro maior, bem mais iluminado do que aqueles a que estava acostumada. As luzes eram elétricas, e não a gás, mas brilhavam como pequenos sóis, o que a incomodou sobremaneira. (O fato de que dentro da Casa ela não tinha exatamente um corpo, mas uma espécie de "essência", não afetava em nada seus sentidos. Nem ela nem Jerry jamais conseguiram entender por que isso acontecia.) Havia música tocando, música alta. Música incrivelmente alta e um tanto dissonante. No entanto, ela achou muito atraente, talvez porque sua versão masculina costumasse ouvir esse tipo de música. Era o que as pessoas em 1968 chamavam de *rock and roll*. Rochas? Rolando? Como geóloga, ela achou isso muito engraçado.

O palco estava cheio de músicos e instrumentos, todos iluminados de cima, com luzes de várias cores, verdes, azuis, vermelhas, amarelas, algumas ondulando como folhas de palmeira, outras pulsando no ritmo da música que estava sendo tocada. Então, outra pessoa entrou no palco. Era um homem alto, muito branco, vestido com roupas extravagantes, até mesmo para aquele futuro. Mas era um homem? A figura era tão ondulada e musculosa, e ele também andava de salto alto, balançando os quadris não tão discretamente como na época de January só as mulheres, e mesmo assim só as de vida mundana, seriam capazes de fazer.

Mas o rosto. O rosto era inconfundível. Ela poderia reconhecê-lo em todos os lugares. Sempre.

Dr. Jones.

Só que não era ele. Era outra versão dele, projetada em uma era futura da mesma forma que a versão masculina de January, que ainda estava na mesa de operação. Essa versão era mais parecida com aquela do sonho da caverna, mas tinha no rosto uma pintura em forma de relâmpago, que cintilava com as luzes do palco.

January sentiu uma profunda alegria ao ver Jones ali, daquele jeito. Era como se aquela contraparte fosse o verdadeiro Jones, e não o dr. Robert, capitalista e inventor em 1888. Ele havia sido feito para estar ali, cantando aquelas canções estranhas cujas palavras ela mal conseguia discernir no meio da balbúrdia da plateia. Aliás, eles pareciam todos muito jovens, mas saudáveis e bem-vestidos para aquela época, bem diferentes da ralé de Limehouse ou de Whitechapel, que não tinha a menor classe para entretenimento de qualidade e jogavam até tomates e frutas podres nos músicos e artistas que não fossem de seu agrado.

E, no entanto, Jones parecia estar adorando aquilo tudo.

Era como se ele fosse um xamã de alguma tribo indígena, realizando um ritual com cânticos e danças secretas. Um xamã altamente respeitado pelos membros dessa tribo, que vinha vê-lo e prestar seu respeito.

Naquele momento, January também se sentiu parte daquela tribo. E por alguns instantes ela experimentou um sentimento que só poderia definir como *êxtase*.

Mas o sentimento durou pouco. Subitamente, teve uma sensação muito estranha, como se houvesse alguém atrás dela. Ela se virou rapidamente.

Nada.

Mas o corredor estava um pouco mais escuro — como se houvesse algo ou alguém além, bloqueando a luz.

Não era comum duas pessoas ao mesmo tempo na Casa — pois havia uma Casa para cada oneironauta. Isso poderia até acontecer quando um aprendiz viajava em sonhos com seu instrutor, como acontecia com ela e Hipátia, embora normalmente cada um usasse a sua Casa.

Mas também podia acontecer quando alguém invadia o Existir.

January se lembrava vagamente de algo que Jerry havia ouvido falar na época de seu treinamento para agente, alguns casos em que alunos mais velhos pregavam peças nos novatos. Na verdade, ela só se lembrava para valer de um único caso — porque ele havia terminado de modo trágico. E depois disso a vigilância da Ordem Superior havia aumentado. (Talvez por isso Hipátia não aparecesse com tanta frequência nos sonhos de January, por causa dessa vigilância... E quem — ou o quê — era a Ordem Superior, afinal? Isso Hipátia também não lhe dizia.)

Seu coração — ou a essência de seu coração — começou a bater mais rápido.

January não quis ficar mais tempo para ver quem poderia estar lá: saiu da Casa pela porta dos fundos, só para garantir. E acordou.

Ficou alguns minutos deitada, imóvel, mas inquieta, pensando no que fazer a seguir.

Capítulo doze

Uma reunião

"*In Sneffels Yoculis craterem kem delibat umbra Scartaris Julii intra calendas descende, audas viator, et terrestre centrum attinges. Kod feci. Arne Saknussemm*

Que, com minha péssima tradução do latim, pode ser lido como:

Desça até a cratera de Yocul do Sneffels, que a sombra de Skartaris acaricia, antes das calendas de julho, audacioso viajante, e chegarás ao centro da terra. Eu cheguei. ARNE SAKNUSSEMM"

Jules Verne, *Viagem ao Centro da Terra*

— Muito bem — disse o dr. Jones quando todos se juntaram a ele no salão de jantar. — Eis aqui uma cronologia dos eventos que acontecerão assim que atracarmos, com a uma breve descrição das atribuições de cada membro.

O salão era grande. Não tão grande quanto os salões de Oxford ou Cambridge, ou mesmo os do King's College, mas January ficou impressionada mesmo assim. O café, o chá e todos os acompanhamentos do desjejum estavam numa mesa à direita, e January se serviu com parcimônia antes de se sentar com os demais. Mesmo chegando alguns minutos antes do horário aprazado, ela tinha sido a última. O coronel Dravot olhou para ela sem esconder a irritação, mas Sklodowska sorriu, e ela preferiu o acolhimento da mulher que o desprezo do homem, de quem ela decididamente não gostava.

O curioso, porém, era que o dr. Jones, embora empertigado como sempre, parecia um pouco aéreo, meio distraído. Ele tomou um gole de café, colocou a xícara de volta ao pires com uma lentidão um tanto incômoda para January, limpou a boca no guardanapo que tinha ao colo e retomou o fio do assunto.

— Primeiro: encontraremos Hans na estação central de Reykjavik, de onde seguiremos para o vulcão de trem e ônibus.

January levou um susto.

— Desculpe-me, doutor — ela interrompeu —, o senhor não havia dito que iríamos direto para o fiorde próximo ao vulcão? Não seria mais razoável pegar o guia na capital e seguir viajando de dirigível?

— *Aeronéf*, senhorita — Dravot a corrigiu, praticamente com um rosnado. January apenas ergueu as sobrancelhas e olhou para o dr. Jones, que sorriu. Ou melhor, como January pensou (um pouco perturbada) ao vê-lo arreganhando os dentes de leve, fez uma careta de nojo, como se estivesse sentindo o cheiro de algo apodrecido. Mas, antes que ele tivesse a oportunidade de falar, o coronel Dravot continuou: — Receio que isso não seja possível, srta. Purcell. O clima na região do vulcão é muito instável, com muitas correntes de ar e tempestades mais do que ocasionais, por isso viajaremos de maneira mais rápida e segura por terra. Tenho certeza de que a senhorita entende — ele terminou, não sem uma certa condescendência.

January desejou poder simplesmente apagar os sorrisos de ambos, mas apenas concordou com um aceno de cabeça.

— Esse tipo de coisa é assaz desagradável — disse Jones, e dessa vez January percebeu um arrastar quase imperceptível em sua voz, como se ele estivesse sob influência de um narcótico. O que não era o caso quando haviam conversado uma hora e meia antes. — De qualquer maneira, não demoraremos tanto. O atraso será de um dia, mas não precisaremos esperar que a sombra do Skartaris caia sobre a cratera do Yokul. Eu sei o ponto exato de entrada no centro da Terra.

Que também lhe foi revelado em sonhos, January pensou.

— Quando chegarmos lá, nos dividiremos em dois grupos — ele continuou. — Eu descerei pela cratera com o coronel Dravot, que também é um exímio espeleologista. Enquanto isso, as srtas. Sklodowska e Purcell ficarão na entrada monitorando os níveis de energia com o dispositivo.

January mal conseguiu conter um estremecimento — de raiva, não de terror. Mas a reação de Sklodowska foi mais dura: a polonesa se levantou e gritou:

— *Non!*

— Perdão? — disse o doutor.

— Francamente, *ma cher docteur*, não vim de Paris a Londres e de Londres à Islândia para ser posta de lado. Você me contrratou para trabalhar como *chimiste*, e nesse aspecto sou *parfaitement* capaz de fazer meu trrabalho onde for necessário, desde que tenha o *équipement* parra tanto.

Vi que você despachou esse *équipement* conosco nesta jornada; *Donc*, devo insistir em descer com você, porque realmente não sei o que vai adiantar ficar na superfície fazendo *des mesures*. Que tipo de medições uma química pode fazer longe de seu objeto de estudo? *Très absurde*, eu digo. Além disso, posso caminhar e escalar montanhas tão bem quanto qualquer homem. E é *Docteur* Sklodowska, não *senhorita*.

O dr. Jones ouviu tudo ligeiramente boquiaberto. Seu olho estranho se fechou um pouco, e January poderia jurar que viu algo como um brilho nele, como se tivesse captado um raio de sol perdido. Mas o céu na grande janela atrás dele estava nublado e as lâmpadas da sala não haviam sido acesas.

— A essa brilhante observação de minha colega, dr. Jones — ela acrescentou rapidamente, com um leve sorriso nos lábios —, só posso acrescentar que o senhor precisará de uma geóloga para avaliar a pureza dos diamantes que encontrará lá embaixo. Afinal, é muito difícil para uma mente destreinada perceber a diferença entre um diamante bruto e um mero cristal de quartzo, muito menos na quase escuridão do sistema de cavernas.

— Muito bem — Jones finalmente disse, depois de alguns segundos, para (January reparou) a crescente irritação de Dravot. — Se insistem, que venham conosco, claro. Não tenho tempo nem disposição para discutir. Mas devo avisar: não vou ouvir nenhuma reclamação sobre a aspereza da jornada.

— Não haverrá nenhuma — disse Sklodowska. January assentiu em concordância.

— Está certo então — disse o dr. Jones, levantando-se. January podia jurar que ele estava um pouco trêmulo. — Teremos muito tempo para conversar sobre isso quando chegarmos lá. Vou para meus aposentos particulares repousar. As duas serão chamadas quando iniciarmos os procedimentos de atracação. — E foi embora a passo rápido, com o coronel Dravot logo atrás.

— Você não acha que há algo estrranho nele? — Sklodowska perguntou depois que os homens desapareceram de vista.

— Sim. Você também reparou?

— Ele está ficando cada vez mais agitado. Notou como as pupilas dele estavam dilatadas? As duas, tanto a normal quanto a outrra. Acho que ele não dorrmiu muito nos últimos dias.

— Bom, mas até aí...

— Sim, sei que isso é *parfaitement* aceitável para o líder de uma expedição dessa monta. Mas não é só prrivação de sono o que eu vi ali. Você notou que tanto o dr. Jones quanto o coronel Dravot ocupam os mesmos aposentos?

— Não — respondeu January, um pouco incomodada com a mudança súbita de assunto, já sabendo para onde a conversa estava indo. Ela não só já ouvira falar do *amore masculino*, nas palavras de Leonardo Da Vinci, como conhecera Oscar Wilde e Lord Alfred Douglas numa festa na embaixada britânica em Paris dois anos antes. Talvez por estarem fora da Inglaterra as línguas fossem menos maledicentes, mas (se os rumores sobre a relação dos dois cavalheiros fossem verdadeiros) ela achava muito injusto um mundo em que as pessoas tivessem que esconder seus amores, fossem eles quais fossem. — E isso é relevante?

Sklodowska olhou fixamente em seus olhos por dois segundos.

— Não necessarriamente, mas esta *aeronéf* é imensa, e há espaço de sobrra para todos aqui terem uma cabine *individuel* cada. Até mesmo a trripulaçon, ainda que aqui permaneça o hábito naval de marujos dormirem todos em beliches no mesmo alojamento.

January levantou uma sobrancelha.

— O que eles fazem a portas fechadas não é da nossa conta, *doutora* Sklodowska.

E pronto, pensou January. *Lá se foi a bela amizade*.

— Não estou insinuando nada impróprio, *srta*. Purcell — ela disse.
— Eu também não estava pensando nessas coisas. Embora o amor entre homens seja considerrado pecaminoso na Polônia, é um tanto trivial no *bas-fond* parisiense. Não é com isso que estou prreocupada. O que eu estava tentando dizer é de naturreza bem diferrente.

— E o que é? Por favor, diga.

— Tenho motivos parra acreditar que o coronel Dravot pode estar envenenando o dr. Jones.

January apenas assentiu. Por uma fração de segundo, ela tinha chegado a pensar que Sklodowska fosse uma colega oneironauta: a polonesa parecia ser uma mulher muito observadora, além de sagaz, mas felizmente esses atributos eram bastante comuns nas mulheres, apesar das opiniões em contrário dos homens (mas o que sabem os homens, afinal?). Sem contar que Sklodowska não era apenas uma mulher extremamente inteligente, como também parecia ser mais experiente que ela apesar de mais nova que

January, então achou que seria importante prestar atenção no que ela tinha a dizer.

— Por que você pensa isso?

— *Son teint*... A tez dele está diferente. Tem mudado *très* suavemente, desde o dia em que cheguei a Londres. Isso aconteceu dois dias antes de você chegar. Apesar da magreza, ele tinha cor nas bochechas e uma certa animação, *pour ainsi dire*... Ele estava muito empolgado com sua descoberta, e quase não conseguia dançar.

— Dançar?

Sklodowska sorriu.

— Sim. Ele me levou a um baile no dia em que cheguei. Para celebrar minha chegada, ele disse. *Très elegant* da parte dele, mas sei que foi por causa da *découverte*. Sei que ele parrece um homem muito sério, mas posso garantir que não é o caso. Eu o conheci quando ele me visitou em Paris. Eu estava trrabalhando com Pierre até o fim do nosso noivado...

— Ah, sinto muito.

— Pelo quê?

— Pelo fim do seu noivado.

Sklodowska riu.

— Ah, isso? Não se desculpe, *mon ami*. Nossa pesquisa era mais importante do que qualquer considerrraçon *romantique*. Quando o dr. Jones se aproximou de mim, não pude recusar sua oferta. Mas eu e Pierre continuamos amigos.

January só pôde sorrir. Pois ela — ou melhor, sua contraparte masculina — lembrava muito bem que Marie Sklodowska se casou com Pierre Curie e ficou famosa no mundo inteiro usando o sobrenome do marido.

Então isso não iria acontecer ali, na sua realidade. Como eram complexas e fascinantes as Infinitas Realidades!

— Quando o dr. Jones apareceu — continuou Sklodowska —, ele queria saber mais sobre o *travail* que estávamos fazendo em nosso laboratório com relação a novas substâncias. Após o escândalo Cavor, ele, como muitos outros capitalistas, começou a acreditar que novas substâncias eram fáceis de criar.

January se sentiu zonza por um segundo. A presença de seu outro eu ainda era muito forte aqui. Ela não fazia ideia — ou não se lembrava — de que toda a história que H. G. Wells tinha descrito em *Os primeiros homens na Lua* era verdadeira. Tanto quanto conseguia se lembrar, no mundo de

Jerry Pond — e onde ele estava sendo operado agora — todos aqueles personagens eram fictícios.

Ela odiava fazer perguntas, mesmo — especialmente — se estivesse perdida. Mas era importante.

— Desculpe. Conheço o dr. Cavor, mas estive fora do país e não me lembro de ter lido nenhuma notícia sobre esse escândalo.

— Ele não é *docteur* coisa nenhuma, isso eu posso lhe garantir. Não mais do que você e eu, e sei que *eu* fiz por merecer esse título. O *senhor* Cavor aproximou-se de um capitalista e ofereceu-lhe uma nova substância, a cavorita, que ele garantiu que faria qualquer um viajar à lua e às estrelas. Alguns meses após o anúncio do capitalista, ele disse a um jornal que tudo não passou de uma farsa elaborada, mas o sr. Cavor se retratou e se mudou para o campo, de onde até hoje não retornou. Diz-se que o que realmente aconteceu é que Cavor tirou a própria vida. Bem, *bon voyage* para ele.

January reprimiu o desejo de rir. Se aquela realidade seguisse com rigor os enredos dos romances que ela havia lido, então Cavor estaria com os selenitas naquele exato momento. Poderia até ter morrido, mas, se sua memória não a traía, Cavor estava gripado ao chegar à lua. Ele teria morrido e contaminado fatalmente toda a população da lua. Uma situação lamentável.

Mas não havia nada que ela pudesse fazer a respeito. Pelo menos não agora.

— Mas é fácil assim criar uma substância? — ela resolveu perguntar.

— Não exatamente. Pode-se criar compostos, misturando elementos. *Comme* o aço, que é uma liga de ferro e carbono. Mas bronze, estanho, latão… é tudo liga. Eles foram criados em busca de *durabilité, solidité* ou *résistance* à corrosão e outras coisas relacionadas à indústrria e construçon. Mas um elemento inteirramente novo e com poderes antigravitacionais? O fato de ninguém ter visto que era uma farsa o tempo todo me deixa furriosa, parra ser honesta.

— E você explicou isso ao dr. Jones? Quero dizer, ele ouviu você?

— Sim. Depois de um pouco de dificuldade e alguma garantia de Pierre, *naturellement*. Homens — ela bufou. — Ele queria fabricar um substituto para o carvão, o que por si só é *une chose* louvável. Na verdade, ele querria criar uma nova espécie de diamante.

— Um novo mineral?

— Ou um tipo de liga que possuísse as mesmas carracterísticas — disse ela. — Ou seja, algum tipo de material que pudesse ser *extrait*… ordenhado... — E imitou os gestos de um fazendeiro que ordenha uma vaca.

— ...da sua energia intrínseca.

— Isso tem uma estranha semelhança com alquimia para mim, não acha?

Sklodowska sorriu.

— *Je suis complètement d'accord, mon ami.* Mas a química é a alquimia por outros meios. — E recitou: — *"Rien ne se perd, rien ne se crée, tout se transforme."*

— "Nada se perde, nada se cria, tudo se transforma." Lavoisier.

— Que parafraseou Anaxágoras.

— Sabemos como o grego morreu? Porque Lavoisier perdeu a cabeça.

Sklodowska soltou uma gostosa gargalhada, a primeira que January tinha visto até aquele momento.

— Anaxágoras morreu no exílio, até onde sabemos. De certa forma, nós aqui já estamos meio que exiladas, então vamos cuidar para não perrder a cabeça seguindo o dr. Jones, *n'est-ce pas?*

Capítulo treze

Um pedido

"Para entrar no Existir, os oneironautas devem realizar o treinamento autógeno, uma técnica de relaxamento que facilita a concentração e o foco. Esse treinamento consiste de três etapas básicas:
1. Privação sensorial
2. Repetição mental de fórmulas verbais
3. Concentração passiva

O primeiro passo pode ser feito por meio da meditação Vipassana, na qual o oneironauta fecha os olhos e esvazia a mente. A segunda é alcançada pela repetição de um mantra (que pode ser uma frase ou mesmo uma palavra, não importando se o oneironauta sabe o significado do que está sendo dito — o que importa é a intenção). A terceira também é adquirida por meio da meditação, mais particularmente a técnica de rotular sensações e pensamentos que vêm e vão pela mente do meditador."

Do *Livro das regras oníricas*

Em que pese todo o treinamento de um oneironauta, nem sempre as coisas saem conforme o planejado. Mesmo com o treinamento mais informal de January, ela podia se considerar, se não uma membra integral da Fraternidade (coisa que ainda teria de resolver com Burton), certamente uma participante da tal Sororidade que Hipátia havia mencionado.

Mas, quando tentava obter mais informações, sua instrutora mudava de assunto, alegando que ela ainda não estava preparada.

— Como agentes se reconhecem fora do Existir? — ela resolveu perguntar um dia, mudando de estratégia.

— Existem muitas maneiras. Uma delas é mostrando a Comprovação. Não é a mais confiável, mas é uma das mais eficientes quando se precisa agir com rapidez. Existem também certos gestos ou mesmo toques especiais.

— Como o aperto de mão da maçonaria.

— Sim. Com a diferença de que a Fraternidade realmente existe desde tempos imemoriais.

— E a Sororidade?

— A Sororidade também. Bem como outros grupos.

Não era a primeira vez que Hipátia mencionava isso. Aparentemente existiam vários outros grupos de oneironautas — o que fazia todo o sentido do mundo, uma vez que o sonhar é algo natural da espécie humana e, dizem alguns estudiosos, até mesmo das espécies animais.

— Para vocês — disse Hipátia —, tudo isso só começou a acontecer no século XVIII. Mas a navegação pelos sonhos é muito mais antiga.

— Imaginei que fosse. Senão, como você poderia ter sido recrutada?

A instrutora deu de ombros.

— A seta do tempo, como você já sabe, aponta em ambas as direções. Passado e futuro são indistinguíveis para oneironautas. Eu poderia ter sido recrutada por alguém de sua época, mas o normal é que alguma contraparte anterior a você o faça. Porque a consciência acumula informações somente do passado para o futuro.

— Mas e Jerry?

— Você já deve ter reparado que não consegue sempre se lembrar de tudo o que sonhou como Jerry Pond. Na verdade, essa é uma característica bastante normal entre nós: a incapacidade de reter informações que não pertencem aos nossos corpos. Dizem os neoplatônicos, entre os quais me incluo, que corpo e mente são a mesma coisa. Uma consequência natural dessa unicidade é que seu corpo só consegue reter informações que sua mente, a mente de January Purcell vivendo em sua própria época, vivencia pessoalmente. Todo o resto é projeção da mente, é... — E abriu os braços como quem demonstrava o óbvio. — ...sonho.

— Quem foi seu instrutor... — E, corrigindo-se rapidamente: — ...ou instrutora?

— Uma contraparte do meu passado — Hipátia respondeu. — Ninguém importante.

Cada conversa que January tinha com sua instrutora terminava de modo súbito e, ao menos para ela, insatisfatório. Se dependesse dela, as aulas com Hipátia não terminariam. Mas isso não estava em seu controle.

Bem como os sonhos.

A viagem foi demorada demais para January. Ela passou as oito horas restantes trancada em sua cabine, lendo e meditando. Estava por demais ansiosa para pegar no sono agora; mesmo com as técnicas Vipassana aprendidas por intermédio de Hipátia (e por sua própria experiência na Índia anos antes), ela não conseguia relaxar o suficiente.

Quanto às leituras, o que ela havia trazido consigo era pouco, até porque esperava ler mais livros da Biblioteca Onírica em busca de mais informações sobre o dr. Jones. Hipátia não era mais uma opção tão eficaz, porque não tinha muito o que mostrar a ela — ou não queria, o que dava no mesmo. Ela só poderia contar com Burton, se conseguisse entrar em algum sonho dele. E, claro, se ele aceitasse seu relato agora. Mas ela ainda não tinha nada para apresentar a ele.

Como era difícil o trabalho de uma oneironauta!

Passou algumas horas até que agradáveis relendo *Viagem ao centro da Terra*. Leituras reconfortantes ajudavam a fazer o tempo passar mais rápido.

Subitamente, uma batida na porta. January se assustou; percebeu que devia ter cochilado. Levantou-se e abriu.

Era o dr. Jones. Ele estava apoiado contra o batente, muito branco e pingando de suor.

— Por favor, me ajude.

January escancarou a porta e o deixou entrar. Ele cambaleou para a frente, quase caindo no chão. Ela fechou a porta depressa e o agarrou pelo braço antes que ele desmaiasse.

— Deite-se aqui, doutor. Isso. O que aconteceu?

— Monstros... assustadores. Portas estranhas... que não se fecham nunca mais.

Ela levou a mão à testa de Jones.

— O senhor está ardendo em febre. Há algum médico a bordo? Talvez o coronel Dravot possa...

— Não! — A voz de Jones saiu esganiçada de pânico. — Dravot não.

— Mas então o que... o que eu posso fazer?

Com isso, Jones se sentou de um pulo e fez algo que ela não esperava. O beijo foi apaixonado.

January o afastou com um empurrão. Arfando e com os olhos vidrados, ele disse:

— As Aranhas... de Marte...

Ela acordou com um grito. O livro caiu de seu colo com um baque abafado.

January estava mais do que acostumada com sonhos que pareciam reais, mas aquele a havia apanhado de surpresa. Ainda abalada, levantou-se, conferiu a tranca da porta da cabine e se deitou. Precisava muito falar com Hipátia.

Mas sua instrutora não apareceu.

Capítulo quatorze

Um confronto

"O território do sonho é um campo minado. Mesmo o oneironauta mais experiente pode confundir sonho e realidade. Há quem passe a vida inteira sem saber exatamente onde está."
Dos diários perdidos de
Sir Richard Francis Burton

O *Pagão* chegou à Estação Central de Reykjavík na hora marcada. Desembarcaram sob uma temperatura amena para o verão islandês — oito graus Celsius — e desceram para a plataforma central. Durante o trajeto, January procurou se aproximar do dr. Jones, obter nem que fosse pelo menos um breve contato visual. Se ele fosse de fato um oneironauta, ainda que não tivesse consciência disso, algum fragmento do sonho teria permanecido em sua memória, e ele daria indícios disso ao vê-la. Mas Jones não saíra de sua cabine por toda a viagem, e agora descia apressado os degraus metálicos à frente de todos, tendo apenas o infame coronel Dravot ao seu lado, como um cachorro fiel. Hans os aguardava ao pé das escadas.

Imediatamente pegaram o trem para a região do vulcão. O guia foi amável e os manteve entretidos durante parte das cinco horas de viagem, falando principalmente sobre o livro de Verne.

— Ele não me entrevistou, como soube mais tarde que foi o caso do professor Lidenbrock — disse ele no vagão-restaurante, entre goles de café e de aquavit, a aguardente local. — Mas não me importo. O livro me tornou famoso. E ganhei muitos clientes — acrescentou, rindo.

Hans era um homem grande e corpulento. Mas não da maneira pedestre que Verne o descreveu, como se ele fosse um tolo, um homem taciturno, quase como alguém com problemas mentais. Era bem verdade que ele estava mais velho agora e ostentava uma barba grisalha que o fazia parecer mais sábio, mas seu vocabulário até que era sofisticado... e como ele falava .

— E Gertrude? — Sklodowska perguntou.

January estranhou. *Quem é Gertrude?* A polonesa percebeu sua confusão e tratou de explicar:

— Você não lembra? É a pata que ele levou junto para o vulcão.

— Mas não existia...

Uma gargalhada de Hans cortou sua frase no meio.

— Foi uma invenção completa! Nunca tive uma pata de estimação chamada Gertrude. O que eu tinha era um ganso de estimação chamado Rex, mas isso foi quando eu era muito jovem. Quando comecei a trabalhar com meu pai, não tinha tempo para animais de estimação e outras coisas da infância.

January decidiu mudar de assunto.

— O que você pode nos dizer sobre o centro da Terra?

— Nada, ora.

— Nada? Como assim?

— Nunca chegamos ao centro da Terra. Estava muito quente lá embaixo, e custamos a achar uma fonte de água. Mas até que descemos bem. Muitos quilômetros. Foi uma viagem boa, como vocês já sabem. Nisso o sr. Verne não exagerou muito.

— E o que vocês encontraram lá?

— Pouca coisa. Alguns animais muito estranhos. A maioria deles era muito branco e não tinha olhos. Eram tão estranhos que acho que foi por isso que o sr. Verne inventou de colocar uns dinossauros lá. Os bichos verdadeiros eram muito pequenos, imagino que não iriam impressionar os leitores, sei lá eu... mas eles estavam bem lá embaixo, perto do Mar de Saknussemm.

— Mas o que estamos procurando — interrompeu o dr. Jones — está em um nível anterior a esse oceano, certo?

— Sim — Hans concordou. — Uma gruta não tão iluminada, mas, pelo pouco que vi, a aurora perpétua que cobre o mar se estende um pouco até ali também.

— Pelo pouco que viu? — perguntou Sklodowska, curiosa, fazendo menção de continuar, mas January a interrompeu.

— Mas vocês acharam mesmo diamantes nessa gruta? — Ela quase hesitou, porque Jones e Dravot estavam com caras muito sérias, mas sentiu que precisava se arriscar.

— Dona — Hans disse, com um sorriso bonachão que January só podia interpretar como sendo condescendente —, eu ando por essas montanhas há quarenta anos. Nessa terra não tem nada que preste, nem carvão. A senhora precisava ver o susto que o professor Lidenbrock teve quando viu aquelas pedras! Até eu me espantei.

— E não guardou nenhuma lembrancinha...? — Dravot perguntou com um sorrisinho malicioso.

— Não, senhor. Não pego o que não é meu.

— Mas os diamantes não eram de ninguém — comentou Sklodowska. — Eram?

Então Hans mudou de atitude. Ficou vermelho e tomou um gole de sua aquavit. A potência do destilado fez com que seu rosto ficasse roxo.

— Claro que não — respondeu finalmente, com um tom de voz bem menos amigável. — Mas o professor Lidenbrock se comportava como se fosse ele o dono daquelas terras. Eu era apenas o guia contratado. Conheço o meu lugar. — E, antes que mais alguém pudesse lhe fazer outra pergunta, levantou-se um tanto apressado. — Chegaremos lá à noite — disse. — Vamos dormir e levantar cedo de manhã.

— Receio que isso não seja possível — disse o dr. Jones, parecendo um pouco desconfortável. January reparou numa gotícula de suor escorrendo pela têmpora direita do homem. Não estava quente no vagão-restaurante do trem. Lembrou-se do sonho e mal conseguiu conter um estremecimento. — Devemos prosseguir agora mesmo com o plano.

Hans ficou muito sério.

— Dr. Jones, eu sei que o senhor está ansioso para descer, mas não é uma tarefa fácil. O sr. Verne fez parecer muito mais fácil do que realmente era. Só a caminhada até a caldeira do Snæfellsjökull vai nos custar algumas horas, e vocês estarão muito cansados. Vamos precisar descansar na entrada do túnel antes de descer. Tem um platô ali, um pouco inclinado, mas com um trecho suave e nivelado que é muito bom para montar acampamento.

— Vamos ver isso quando chegarmos lá — disse o dr. Jones, e puxou seu relógio. — Teremos algumas horas antes disso. Sugiro que todos descansemos um pouco então, para que possamos enfrentar o desafio revigorados.

Todos foram para suas respectivas cabines. Dravot havia comprado apenas duas: uma para ele e o dr. Jones e outra para January e Sklodowska. Hans ficou na terceira classe, sem direito a uma cabine, o que incomodou

January, mas isso era o demnos para ela naquele momento: dividir um espaço de dormir com a polonesa significava que January não teria a privacidade necessária para meditar e alcançar adequadamente o estado de sonho. De qualquer forma, não achou que precisaria fazer nada além de descansar um pouco antes que a parte difícil da viagem começasse para valer. Deitou-se no leito inferior do beliche e fechou os olhos, só por um momento...

...e os abriu subitamente para ver o coronel Dravot quase em cima dela. Em sua cabine!

Ela se levantou de um pulo, mostrando reflexos rápidos — reflexos que não sabia que tinha naquela realidade. Dravot recuou, e só não caiu para trás porque o espaço exíguo da cabine não permitia. Ele arregalou os olhos, mais assustado do que ela.

— Por Deus, srta. Purcell — ele disse.

— O que está fazendo aqui? — ela perguntou a ele, mão estendidas em punhos num arremedo de postura de combate. Dravot ergueu as mãos, como se estivesse sendo assaltado.

— O dr. Jones me mandou vir aqui dizer às senhoritas que já estamos chegando a Helissandur. Ele achou que talvez queiram se refrescar e se juntar a nós no vagão-restaurante.

Mas já?, January pensou. Ela tinha acabado de fechar os olhos!

Foi só então que January percebeu que estava pronta para atacar o homem que havia entrado em sua cabine sem pedir permissão. Relaxou a postura imediatamente.

— Muito bem — disse. — Obrigada. Já iremos.

Dravot partiu sem dizer mais nada. January caiu sentada no beliche, apenas para ver que Sklodowska a estivera observando o tempo todo perto da janela.

— Onde você aprendeu isso? — ela perguntou.

— Meu irmão — foi a resposta automática de January. Ela não tinha irmãos, mas pensou que, de certa forma, poderia muito bem considerar sua contraparte masculina como um irmão de armas. Sem mencionar que seria mais complicado dizer a verdade.

— *Répéter* — disse ela.

— Como?

— Perdão. Repita, por favor. A postura.

— Assim? — January se levantou e tentou ficar novamente na postura de enfrentamento. Sklodowska deu dois passos à frente e tocou o braço direito estendido de January.

— Você deveria relaxar o *épaule*... o ombro — disse ela, pegando o cotovelo e puxando-o levemente em direção ao peito de January, dobrando um pouco o braço. — Isso deve ajudar você a resistir a qualquer impacto. Mas devo dizer que seus pés estão muito bem fincados no solo. Isso torna mais difícil que alguém mal-intencionado possa derrubar você. *Très bien, mon ami.*

— Como você sabe tudo isso?

— Eu também tenho irmãos. E irmãs. — E apertou carinhosamente o ombro de January.

Subitamente algo nela se iluminou, e ela não pôde resistir à pergunta:

— Você é uma de nós?

Sklodowska sorriu. E piscou para ela.

Então January abriu os olhos. Ainda estava deitada no beliche. E sozinha na cabine.

A porta se abriu e Sklodowska entrou.

— Ah, Januarry — ela disse, com seu sotaque meio francês, meio polonês. — Que bom que está acordada! O *docteur* Jones me pediu para avisar a você que já estamos chegando a Helissandur e que devemos nos juntar a ele e ao coronel no vagão-restaurante.

— Sim, sim, claro — January respondeu, ainda levemente desorientada.

— Você deve estar muito cansada, não? Você *absolument* prrecisa comer algo. Vamos? Talvez haja tempo para uma xícarra de café e umas madeleines. Estou faminta! — E foi saindo sem esperar a outra.

January a seguiu sem palavras, sentindo como se ainda não tivesse acordado. Tudo ao seu redor parecia um pouco nebuloso, e a estranha situação na cabine não colaborou em nada para fazê-la se sentir melhor. Agora ela se dava conta de que, com a exceção de seus pais, desde que começara o treinamento de oneironauta, nunca dormira perto de outras pessoas. Esse tipo de sonho seria comum entre os membros da Fraternidade? Ou apenas entre oneironautas?

E, nesse caso, seria Dravot um oneironauta? Ou Sklodowska?

Fechou os olhos por um instante e respirou fundo. Isso tudo era demais para sua cabeça. Ela realmente precisava conversar com alguém. Hipátia ou até mesmo Burton.

Chegaram ao vagão-restaurante e sentaram-se diante de Jones, Dravot e Hans. O coronel estava de costas para as duas, entretido numa conversa com Hans, ainda tentando fazer com que o guia lhe desse mais detalhes sobre o percurso que fariam e, o mais importante, falasse mais a respeito dos diamantes. Mas como o próprio Dravot falava muito mais que Hans, ela não imaginou que pudesse aprender algo com a conversa. Agradeceu às Infinitas Realidades por não precisar olhar nos olhos do coronel. Torcia para que ele não fosse membro da Fraternidade também, embora já estivesse esperando pelo pior.

Olhou pela janela; havia uma fina camada de gelo cobrindo os cantos do vidro. Ela parou por um momento, respirando devagar, e se permitiu sorrir ao ver o manto de neve cobrindo a terra. De onde estava, não conseguia ver o Snæfellsjökull, mas assim que o trem parasse pegariam uma condução direto para lá, e então começariam de verdade sua própria viagem-a-não-exatamente-o-centro-da-Terra. Ela ficou ali por alguns minutos apreciando a paisagem gelada, até se dar conta de uma coisa.

Era verão na Europa.

— Está cansada? — Ouviu uma voz às suas costas.

Virou-se apressada. Não havia ninguém atrás dela.

Voltou a olhar para a frente. Agora todos conversavam animados sobre equipamentos de alpinismo. Era um assunto que interessava a January; ela se acostumara a percorrer as *highlands* escocesas desde cedo. As montanhas Cairngorms eram ricas em geodos e rochas ígneas, e ideias para longas caminhadas. Um ou outro de seus picos era mais difícil de escalar, mas ela sempre se aventurou pelas vastidões da cordilheira com muita disposição e alegria. Não tinha medo de alturas nem de profundezas, e tinha certeza de que, com a orientação de Hans, saberia contornar qualquer obstáculo que se apresentasse a ela durante a descida do vulcão.

Então, por que estava tão angustiada?

— Chegamos — a voz atrás tornou a falar. — Acorde.

January abriu os olhos novamente. Dessa vez levou alguns segundos para se orientar, e pensou que ainda não havia acordado completamente desde que se deitara na sua cabine do trem. Mas então olhou bem ao redor e percebeu que não estava mais lá.

Estava dentro de uma carruagem pequena e abafada. A porta estava aberta e Sklodowska acenava para ela.

— *Viens, mon ami* — disse a polonesa. — O dr. Jones está muito ansioso. Precisamos começar a subida antes que anoiteça

O coração de January disparou em seu peito.

O que está acontecendo?

Respirando fundo e tentando manter a calma, ela desceu da carruagem. À sua direita, o sol começava a se pôr atrás de uma fileira de casinhas vermelhas. E, atrás delas...

O pico gelado do Snæfellsjökull era majestoso. January nunca tinha visto nada parecido. O ar frio a despertou, e agora ela tinha certeza de que estava acordada de verdade. Enquanto os cocheiros terminavam de colocar no chão os baús com as roupas e apetrechos da expedição, ela avançou alguns passos para admirar a montanha.

— É uma visão maravilhosa, não? — uma voz disse às suas costas.

January precisou se conter para não dar um pulo de susto. Mas não teve como não se virar. Dessa vez, porém, não era nenhuma voz invisível. O dr. Jones estava se aproximando, com passo juvenil e sorriso franco.

— De fato, doutor. De fato.

— Escalar uma montanha não é piquenique, srta. Purcell — gritou o desagradável coronel Dravot, andando a passos largos na direção dos dois.

— Montanhas, coronel, são apenas contingências da geologia. Elas não nos tiram nem nos dão nada deliberadamente...

— ...pois quaisquer propriedades emocionais que elas possuam lhes são conferidas pela imaginação humana — completou Jones, visivelmente encantado. — Então a senhorita conhece as obras de MacFarlane! Definitivamente temos que conversar mais.

— Mas não agora — disse Hans. — Vamos deixar os baús com as roupas na pousada que contratei aqui em Arnastapi, vestir algo mais apropriado, reunir o equipamento e começar a subida. Não chegaremos ao acampamento-base antes do anoitecer, mas, como amanhece muito cedo aqui, com sorte teremos tempo de descansar antes da descida pela caldeira. — E acenou para que o seguissem até uma das casas vermelhas, onde uma senhora gorda e de bochechas igualmente rubras os aguardava sorridente.

January seguiu o grupo pensativa. Ela realmente havia citado o escritor Robert MacFarlane, de cujos livros ela havia conseguido ler alguns fragmentos na biblioteca do Serapeum.

Mas os livros dele só seriam publicados no século XXI.

Não havia mais nenhuma dúvida. O dr. David Robert Jones era um oneironauta consumado. Agora Burton teria que ouvi-la de qualquer maneira.

Capítulo quinze

Uma montanha

"Escale se assim o desejar, mas lembre que coragem e força não são nada sem prudência, e que um instante de descuido pode acabar com a felicidade de uma vida inteira."
Edward Whymper

Antes de falar com Sir Richard, porém, January teria um longo caminho pela frente. De acordo com Hans, a trilha que os levaria até a caldeira do Snæfellsjökull e consequentemente ao tubo vulcânico que desceria até seu destino levaria cerca de seis horas para ser percorrida. O ar frio da montanha ajudara a despertar January, mas a verdade era que ela se sentia exausta, como se praticamente não tivesse dormido em todas as horas desde o trem. E mesmo a bordo da *aeronéf* ela não tivera lá um sono muito reparador.

E não apenas isso, mas, enquanto iniciava a subida, January tentava recordar o trajeto. E percebia, pela primeira vez angustiada de verdade, que não se lembrava de quase nada entre o sonho do trem e aquele exato instante. Era tudo uma névoa indistinta em sua cabeça.

January sempre se orgulhara de ser uma mulher racional, diferente dos estereótipos associados às moças de seu tempo, ora vistas como despreocupadas e portanto fúteis, ora como preocupadas em excesso e portanto histéricas, as "loucas do sótão" que precisavam ser internadas em suas próprias casas — para benefício da família, claro. Por isso ela decidiu subir bem devagar, mantendo uma respiração regular e passos lentos porém firmes, os olhos na fileira de exploradores que se assemelhava a um trem, e da qual ela era o último vagão.

No começo, o coronel Dravot havia lhe lançado um olhar bem severo e disse:

— A senhorita parece muito cansada. Ainda há tempo de voltar para o vilarejo. Não vamos reduzir a marcha só para satisfazer as suas vontades.

A vontade que January tinha era de esmurrar as fuças do sujeito insolente, mas, como evidentemente isso não seria possível nem desejável, ela resolveu ficar quieta e seguir em frente.

Sempre na retaguarda, ela olhava fixamente para os companheiros de aventura, tentando perceber algum sinal que os identificasse como oneironautas. Sklodowska, a penúltima do grupo, subia a passos leves, aparentemente sem nenhuma preocupação na vida. Logo em seguida, o dr. Jones, até que animado, olhando muito para os lados, como se tentasse absorver com os olhos todos os detalhes da paisagem escarpada ao redor da trilha. Ao seu lado, o infeliz coronel Dravot, fiel como um cachorro (January lembrou que, para os muçulmanos, chamar alguém de *cão* é a pior das ofensas, e percebeu que naquele caso não tinha como não concordar).

Hans ia na vanguarda, com uma mochila de lona enorme nas costas e dois alforjes cruzados como bandoleiras nos flancos. Sob sua orientação, os homens portavam o mesmo conjunto, sendo que as mulheres por sua vez levavam apenas um alforje menor a tiracolo. Aquilo, segundo ele, continha tudo de que iriam precisar durante o percurso, entre alimentação (carne seca, bolachas e água) e equipamento de escalada (cordas e mosquetões, com pequenos arneses para as mulheres, que poderiam servir de cadeirinhas para auxiliar na descida).

— Provavelmente não vamos precisar de tudo isso no nosso caminho — Hans disse quando começaram a descida.

— "Provavelmente?" — Dravot disse, soando indignado. — Então você não tem certeza?

— Coronel, eu só fiz esse percurso uma vez, décadas atrás. As coisas mudam. É sempre bom ter mais do que se precisa.

January entendia bem disso. Como geóloga, sabia que até mesmo as montanhas de aspecto mais majestoso um dia serão reduzidas a pó pela ação da natureza. O erro de muitos montanhistas, ela aprendeu cedo com seu tio, era achar que, por isso, elas seriam imutáveis. É bem verdade que os processos geológicos são muito lentos, mas a ação das intempéries não. O vento forte no alto de uma montanha pode provocar pequenos deslizamentos e apagar trilhas, mudando a geografia de porções minúsculas de território — o que era o suficiente para desorientar até mesmo alpinistas experientes. E, em alguns casos, essa desorientação era fatal.

E desorientada era como January estava se sentindo naquele momento. Tinha perdido completamente a noção do tempo. Não fazia ideia de que horas eram e estava cansada demais para pegar seu relógio. Além do mais, estava escuro e só as lanternas Coleman de Hans e do coronel Dravot iluminavam o caminho, portanto ela não conseguiria mesmo enxergar os ponteiros de seu Patek-Philippe.

Outro motivo pelo qual ela fizera questão de ficar para trás na subida era o medo de dormir novamente. Imaginava que seria improvável dormir andando, mas não fazia ideia do que era possível ou não entre oneironautas. E, como não sabia se mais alguém ali poderia ser da Fraternidade, resolveu se afastar o máximo que pudesse das influências de cada um. Não sabia se a proximidade havia influenciado algo nos seus últimos sonhos.

Depois da primeira hora de caminhada, uma escadaria de pedra se descortinou diante da luz da lanterna Coleman. A *stiná*, ou seja, a torrente de pedras lançadas por erupções que a erosão e os passos dos exploradores foi lentamente transformando numa escada, facilitava a subida justamente no momento em que ela se tornava mais íngreme. Nesse momento Hans gritou algo, mas ela não entendeu o que era. Sem que ela precisasse perguntar, Sklodowska se virou e disse:

— São dois mil degraus, segundo ele. Mais ou menos duas horas para chegarmos ao cone da cratera.

Ela já estava esperando por aquilo por causa do livro, mas o cansaço era tanto que ela já nem se lembrava. A trilha não era muito íngreme, mas January sentiu cada passo da subida. Sempre atenta, ainda que estivesse se sentindo um pouco zonza e com fome. Até onde conseguia julgar, os outros não deviam estar sentindo nada diferente; o silêncio era mais melancólico que sepulcral. O dr. Jones parecia o pior deles; de onde estava, January o via andar com uma certa dificuldade, meio trôpego, quase cambaleando, talvez um pouco trêmulo? De tantos em tantos degraus, ele ameaçava tombar sob o peso de seus apetrechos, que fizera questão de carregar junto dos demais membros da expedição, e o coronel Dravot estava sempre ali ao seu lado, pronto para segurar seu braço e evitar que o outro caísse.

Talvez fosse o esforço de escalar, ela pensou. Mas, aos olhos de January, ele parecia muito com alguém que sofria de sintomas leves de abstinência. De bebida ou de alguma droga.

Portanto, não envenenamento, como Sklodowska havia presumido tão prontamente. Vício, mais provavelmente. Mas a droga teria sido administrada pelo próprio Jones? Ou será que Dravot a estava dando a ele? E, caso fosse isso, com que finalidade?

Jones estava muito quieto. Dravot pairava perto demais dele, agora não só como um cão fiel, mas como um cão de guarda, silencioso e muito, muito feroz. January decidiu finalmente percorrer a distância que os separava e se aproximar deles com cautela.

— O senhor está bem, dr. Jones? — ela perguntou, colocando discretamente as pontas dos dedos em seu pulso.

Com a luz da lanterna Coleman ao seu lado, ela agora conseguia vê-lo bem. Ele estava incrivelmente pálido. Parecia não estar mesmo bem: os olhos estavam semicerrados como se estivesse sob efeito de ópio, e sua pulsação estava ligeiramente mais lenta. Ela nunca o vira assim antes, não tão depauperado. Mas não podia acreditar que fosse a papoula. Isso deixava rastros, vestígios que ela reconheceria — vestígios que não estavam lá.

— Eu já vou ficar bem — ele respondeu, a voz ofegante.

— Agora — disse Hans, que havia parado mais à frente e já começava a fazer uma fogueira com pequenas achas de madeira que havia trazido consigo — nós descansamos.

Só então January percebeu que eles haviam chegado à caldeira do vulcão. Ali os ventos sopravam fortes e o frio estava mais intenso que no sopé. Mas nada fora do esperado; o céu estava limpo e January pela primeira vez levantou a cabeça e viu a lua, imensa, em toda a sua majestade. À sua frente, era possível agora ver os contornos do grande cone que formava a caldeira — o cone que eles teriam de descer para iniciar a viagem ao centro da Terra, ou pelo menos até a gruta dos diamantes.

Voltou a olhar para o dr. Jones. Ele já havia sentado no último degrau, cabeça abaixada, calado e respirando com uma certa dificuldade. January ficou aliviada; ele realmente não tinha a menor condição de prosseguir.

Continuou por perto. Queria falar com ele sem ninguém ao redor, para que pudesse ter uma conversa franca e explicar tudo o que pudesse sobre os oneironautas e sobre a destruição que percebia que estava prestes a acontecer. January estava muito preocupada com o que estava acontecendo com ela. E na sua cabeça só havia uma explicação.

Alguém está manipulando os nossos sonhos, ela pensou.

— Com licença, senhorita. — A voz nada suave do coronel Dravot interrompeu seus devaneios. — O dr. Jones precisa descansar.

Jones então levantou a cabeça e deu um sorriso fraco para January.

— Vamos descansar um pouco então, certo? Vamos precisar de nossa força para completar esta jornada. Mas não se preocupe, srta. Purcell: tudo acontecerá do jeito que deve acontecer.

Ela franziu a testa ao ouvir essa frase críptica, mas obedeceu, levantando-se e voltando para onde Sklodowska estava. Abriram os alforjes, tirando cobertores finos que estenderam cada uma sobre um ponto do platô onde Hans decidira parar e se sentaram para fazer a refeição noturna. Sentou-se no chão duro de pedra. Então levantou a cabeça e viu um céu recoberto de estrelas, do jeito que até então ela só tinha visto quando saía de Londres. Então se lembrou da Índia, seus esplendores e horrores. Mas, mesmo assim, aquela visão era um espetáculo deslumbrante.

Se o dr. Jones conseguisse seu objetivo, poderia significar o fim dos céus poluídos pela fumaça do carvão. E isso seria maravilhoso.

Ficou ali um bom tempo, até que percebeu que todos ao redor estavam deitados. Ao seu lado, Sklodowska ressonava. E então lhe ocorreu que seria um bom momento para se consultar com Burton. Seria capaz de visitá-lo em um sonho lúcido? Isso era um pouco complicado. Ela também estava se sentindo um pouco enfraquecida por todas as viagens sem parar e não estava gostando nada do fato de não conseguir se lembrar direito das últimas horas.

Consultou o relógio. Duas da manhã na Islândia. Não havia diferença de fuso horário entre eles e Londres. Torceu para que Burton já estivesse dormindo. E se deitou para dormir, talvez sonhar.

Capítulo dezesseis

Um sonho lúcido

"Uma das situações mais perigosas para um oneironauta é o que chamamos de Sonho da Borboleta. Esta é uma parábola escrita pelo filósofo taoísta Chuang-tzu três séculos antes de Jesus Cristo e dois séculos depois de Buda, que diz assim: 'Um dia eu, Chuang-tzu, sonhei que era uma borboleta, esvoaçando para cá e para lá. Era, para todos os efeitos, uma borboleta. Eu estava consciente apenas de minha felicidade como uma borboleta, sem saber que eu era Chuang-tzu. Logo acordei e lá estava eu, verdadeiramente eu mesmo mais uma vez. Mas agora não sabia dizer se era um homem sonhando que era uma borboleta, ou se agora seria uma borboleta sonhando que era um homem'. Resta saber se Chuang-tzu era um oneironauta, mas ele descreveu muito bem o que significa estar preso em sonhos dentro de sonhos, onde o viajante dos sonhos deve ser cauteloso, caso contrário se encontrará incapaz de distinguir entre ilusão e realidade."

In Libro Somnium

O Afeganistão era incrivelmente quente em maio. As temperaturas podiam facilmente chegar a cinquenta graus Celsius ao longo do dia. Mesmo na sombra, o calor era suficiente para um europeu sofrer uma insolação. Mesmo em Band-e Amir.

A Barragem do Emir, que era a tradução literal desse nome no idioma farsi, era um sistema de seis lagos incrivelmente azuis, colados um no outro e separados apenas por diques naturais feitos de travertino. Ficavam encravados na cordilheira do Hindu Kush, a cerca de três mil metros de altitude. Apesar da altura, o calor durante o dia era praticamente o mesmo que ocorria ao nível do mar. Era uma das regiões mais belas do mundo. Essa era a opinião de Sir Richard Francis Burton, em cujo sonho January acabava de entrar sem ser convidada.

Era um sonho lúcido, portanto um sonho mesmo, não outra realidade. Mas sonhos lúcidos eram espaços por onde oneironautas conseguiam navegar com certa dose de autonomia. Se o sonho fosse dela, January usaria técnicas para se orientar pelo espaço e fazer com que ele seguisse numa determinada direção. Um oneironauta experiente podia manipular tempo e espaço num sonho lúcido.

January não era tão experiente assim, mas entendia o suficiente de oneironáutica para pegar carona nos sonhos lúcidos dos outros. A desvantagem era que ela passava a depender da pessoa que estava sonhando. Se ela decidisse que a intrusa não era bem-vinda, poderia expulsá-la e garantir que ela não retornasse. January entrou no sonho de Burton com toda a calma e respeito possíveis, torcendo para que ele não a enxotasse a pontapés mentais.

Ela não sentia o calor. Mas o ambiente era tão vívido, tão real, que era como se ela estivesse de fato lá. Talvez as coisas fossem mais reais para ela do que para o próprio Burton, que estava vestido como um beduíno. Na verdade, ele se parecia tanto com um que January só o reconheceu porque era o sonho dele, e suas vestes de um azul muito escuro se destacavam contra o amarelo e o azul mais claro da paisagem de areia, pedra e água.

— Eu venho aqui com frequência — disse ele, sem se virar. — O deserto me acalma.

January olhou com atenção ao seu redor. Eles estavam de frente para um penhasco de onde se descortinava um lago imenso, que se estendia ao longe e desaparecia numa curva por entre colinas cor de areia. A água era de um azul ultramarino tão intenso que para January parecia uma joia de lápis-lazúli encravada nas dobras de um tecido. Aos seus pés, uma vegetação rasteira, de gramíneas e arbustos retorcidos que mal passavam de seus tornozelos.

— Isto é um deserto? — perguntou, incrédula.

— O deserto — Burton respondeu, ainda de costas para ela — é o lugar de onde se pode escapar da polidez hipócrita e dos grilhões da civilização, srta. Purcell. Só por isso perdoarei sua incrível empáfia de vir aqui sem pedir licença.

— Peço desculpas, Mirza Abdullah. — Ela voltou a se referir a ele pelo nome muçulmano que Burton usara para entrar disfarçado em Meca, a cidade proibida a qualquer homem que não pertencesse ao Islã. — Mas eu não estaria aqui se não fosse de suma importância.

Burton permaneceu em silêncio por um tempo. January começou a se aborrecer. *Ele não vê que não tenho muito tempo?*

— E a senhorita não vê que está no meu sonho, e portanto eu sei muito bem o que está pensando?

January não sabia. Isso Hipátia nunca havia lhe dito.

E no mesmo instante se arrependeu de ter pensado isso.

Burton se virou. A cabeça coberta pela *keffiyeh*, o tradicional lenço usado em volta da cabeça pelos homens do Oriente Médio, não chegava a encobrir suas feições, mas com o *iqal*, a corda de pelo de camelo que o prendia no alto do crânio, emoldurava o rosto bronzeado do velho explorador e realçava seus traços tão diferentes dos britânicos. Não era à toa que seus colegas militares desde cedo o chamavam de cigano, pela pele mais escura que os compatriotas tão branquelos, e pelos olhos negros penetrantes que naquele exato momento atravessavam January como a lança somali que atravessou o rosto dele tantos anos antes.

— Hipátia está por trás disso? Foi ela quem instruiu você a me procurar?

January balançou a cabeça veementemente em negativa, torcendo para que seu rosto ali no sonho não estivesse ruborizado de vergonha.

— Não, Sir Richard. — Ela reverteu ao tratamento britânico por respeito. — Hipátia de fato me instruiu, mas não a procurar o senhor. Foi minha contraparte no século XX que sugeriu isso.

Então Burton fez algo que January não esperava.

Deu uma sonora gargalhada. E soltou um palavrão impronunciável.

— Jerry Pond. Eu devia saber.

— O senhor o conhece?

— Aquele canalha? Infelizmente. Não tive a intenção de ofender, srta. Purcell.

— Não me ofendi, Sir Richard. — January sabia que era a mais pura verdade.

— Suponho então que ele estava envolvido com a contraparte de seu dr. Jones. — Não era uma pergunta.

January respondeu com outra afirmação.

— O senhor já sabia que Robert Jones era um oneironauta em potencial.

— Todos os seres humanos (e muitos não humanos, devo acrescentar) são oneironautas em potencial.

— Teria me ajudado a saber mais sobre ele de antemão. — *Mas o senhor não quis me fornecer o acesso à Biblioteca Onírica*, ela não falou, mas pensou, e dessa vez não sentiu nenhuma vergonha disso.

— Eu não quis lhe fornecer o acesso porque a senhorita não me provou sequer que a senhorita mesma fosse uma oneironauta, January. Posso chamá-la de January? Agora... — Ele abriu as mãos num gesto que abrangia toda a paisagem. — ...ainda que a senhorita não tenha mais nenhuma prova a me dar, pelo menos esta prova aqui está dada.

— Eu tenho outra prova. — E contou a ele sobre o sonho com Jones a bordo do *Pagão*.

Burton ouviu tudo em silêncio e permaneceu calado por mais um minuto depois que January acabou de falar.

— De fato, é uma situação assaz preocupante — ele finalmente disse, com uma cara ainda mais amarga que de costume. — Mas já aconteceram coisas mais estranhas no Longo Jogo.

January não tinha nenhum desejo de saber que coisas estranhas eram essas.

— E o que devo fazer quanto aos outros? Sklodowska, por exemplo?

— Ela não pertence à Fraternidade. Seu lugar é junto ao marido.

— Mas aqui ela nunca se casou com Pierre Curie, Sir Richard.

Dessa vez o xingamento foi ainda mais impronunciável.

— Para quem acabou de entrar para as nossas fileiras, *senhorita Purcell*, já está indo muito além da conta em sua missão. E nem quero saber o papel que a digníssima Hipátia de Alexandria tem nessa história. Ou melhor, quero, mas não agora. Vamos procurar resolver esse imbróglio dos infernos primeiro.

January assentiu concordando.

— Pelo menos o coronel Dravot não é um oneironauta.

— Graças a Alá misericordioso, não. Só a Ordem Superior sabe o que ele seria capaz de fazer se fosse ele próprio um oneironauta. O que não quer dizer que não seja capaz de recrutar oneironautas que não pertençam à Fraternidade, ou mesmo se aliar a outros grupos.

— Que outros grupos?

— Francamente, srta. Purcell, acha mesmo que dentro do Longo Jogo só existe a Fraternidade? Achei que justamente por fazer parte do círculo interno de Hipátia, essa tal Sororidade, saberia o que é fazer parte de um grupo dissidente. A senhorita precisa mesmo consultar a Biblioteca Onírica. De preferência, se internar lá por alguns meses.

— Bem que gostaria, mas, como o senhor já sabe, tempo é o que menos tenho agora.

Burton olhou para ela e balançou a cabeça em sinal de desaprovação.

— A senhorita está em apuros, receio. Não existem diamantes aonde vocês estão indo. E se, por acaso, encontrarem algum veio improvável, o que duvido muito, os diamantes não estarão espalhados pelo chão, prontos para serem colhidos como espigas de milho, mas deverão estar entranhados na rocha, o que tornará muito difícil, na verdade impossível, retirá-los. A senhorita está indo para os braços de uma armadilha, January. Melhor encontrar uma saída logo, porque vai precisar. Sabe sair daqui e entrar na Biblioteca sem despertar?

— Nunca tentei isso antes.

— Vou orientá-la. É importante que se arme.

— Eu não trouxe armas comigo, Sir Richard.

— Se não tem um revólver por perto, o mínimo que pode fazer é se equipar com conhecimento. Venha comigo.

Capítulo dezessete

Um explorador

"Em Trieste, em 1872, num palácio com estátuas úmidas e instalações sanitárias precárias, um cavalheiro com o rosto tornado célebre por uma cicatriz africana — o capitão Richard Francis Burton, cônsul inglês — empreendeu uma tradução famosa do *Quitab alif laila ua laila*, um livro que também os rumes chamam de *Mil e uma noites*. Um dos propósitos secretos de seu trabalho era a aniquilação de outro cavalheiro (que também tinha uma barba tenebrosa mourisca, e também tinha a pele curtida) que estava compilando na Inglaterra um vasto dicionário e que morreu muito antes de ser aniquilado por Burton. Esse era Eduardo Lane, o orientalista, autor de uma versão muito escrupulosa das *Mil e uma noites*, que suplantou a outra de Galland. Lane traduziu contra Galland, Burton contra Lane; para entender Burton é preciso entender essa dinastia inimiga."

Jorge Luis Borges, *História da Eternidade*

Richard Francis Burton não era um homem fácil. Mas era um dos melhores oneironautas que já existiram nas Infinitas Realidades, e portanto um homem fundamental para o Longo Jogo.

Na infância e na adolescência, ninguém diria que o jovem Burton daria para alguma coisa. Vivera seus primeiros anos em viagens com a família, entre a Inglaterra, seu país natal — que no entanto detestava —, a França e a Itália. Gostava desses países continentais muito mais.

Mas só quando finalmente conseguiu tomar as rédeas da própria vida, frustrando os sonhos de seu pai, Joseph, tenente-coronel do exército inglês, que queria vê-lo clérigo e o matriculou em Oxford para melhorar sua educação, ele pôde se afastar das Ilhas Britânicas por um longo tempo.

Burton fez de tudo para ser expulso da universidade e acabou por se alistar na Companhia das Índias Orientais, a empresa que monopolizava o comércio com a Índia e outros países do Oriente. Era uma instituição militar de peso, fundada em 1600 como uma concessão da rainha Elizabeth I. Ela seria extinta em 1874, mas, mesmo no começo de seu declínio, ainda deu oportunidade ao jovem Burton, que tinha 21 anos em 1842.

E foi ali que ele se apaixonou pela Arábia. Entre os vinte e nove idiomas que Burton aprendeu ao longo da vida, estavam o árabe e o farsi.

Em 1853, fez uma peregrinação a Meca e Medina e viu a Qaaba, disfarçado como Mirza Abdullah, um dervixe mendicante que seguia o caminho ascético da Tariqah. Foi o primeiro ocidental a fazer isso; se tivesse sido apanhado, morreria. Mas não foi.

Foi aí que a Ordem Superior começou a prestar mais atenção nele. Ela sabia que ele daria um excelente oneironauta, talvez o maior de sua realidade. Mas também tinha total consciência de que seu desejo de conhecimento era muito maior que a capacidade de seguir regras. Portanto, isso poderia fazer dele também o mais perigoso oneironauta de todos.

Então a Ordem Superior escolheu esperar.

A vida de Burton foi muito atribulada. Um ano depois de Meca, ele partiu numa expedição pelo continente africano, a fim de encontrar a nascente do rio Nilo. Foi uma viagem cheia de perigos, onde ele quase encontrou a morte. Seu grupo, que consistia de outros três oficiais do exército britânico e duas dezenas de carregadores e guias, foi emboscado por duzentos guerreiros somalis. Na batalha, o rosto de Burton foi trespassado por uma lança. Ele teve que fugir correndo mato adentro com a arma firmemente cravada entre suas bochechas. Foi se recuperar em Londres, e só voltaria à África (com John Hanning Speke, um de seus companheiros no malfadado entrevero com os somalis, que conseguiu fugir com incríveis onze ferimentos pelo corpo) em 1857.

Assim como tantos outros oneironautas, Burton tinha sonhos com outras realidades desde que se entendia por gente. Mas, por incrível que pudesse parecer, ele era tão interessado nos mistérios de seu mundo desperto que nunca parou para considerar com seriedade o caráter concreto de suas jornadas oníricas. E, no entanto, as paisagens de outros tempos e outros mundos o assombravam.

Esses sonhos, que frequentemente o apresentavam como árabe ou indiano, ora um sheik, ora um guerreiro tribal, às vezes um hashashin, de outras um faquir (e não poucas vezes como mulher, ora uma avó veneranda, ora como prostituta), o faziam sempre acordar assustado, mas também muito empolgado. Ele próprio tratou de associar isso à sua imaginação hiperativa — mas, de maneira não totalmente consciente, ele nunca deixou de procurar viver essas vidas em seu próprio corpo, assumindo tantos disfarces quanto pudesse e sempre vivendo os personagens como se fossem reais. Porque eram.

Sua vida foi tão incrivelmente rica que a Ordem Superior decidiu que ninguém deveria procurá-lo em seus sonhos até bem depois da idade considerada ideal. Foi, portanto, somente enquanto traduzia as *Mil e uma noites*, em 1881, aos sessenta anos, que Burton finalmente foi abordado para se tornar de fato um oneironauta.

Mas essa história não será contada aqui.

Capítulo dezoito

Uma biblioteca

"A Biblioteca Onírica é o grande repositório de conhecimento das Infinitas Realidades. Oneironautas experientes podem usar os seus recursos sempre que necessitarem, a fim de se prepararem para uma missão ou mesmo no decorrer dela. Aprendizes precisam da permissão de seus supervisores.

Não é o que se poderia considerar uma biblioteca completa no sentido tradicional, pois ela não possui necessariamente livros de ficção. A Biblioteca Onírica contém biografias (tanto de agentes quanto de pessoas influentes na história da humanidade), relatórios de missões e crônicas dos agentes.

(A palavra *necessariamente* no parágrafo anterior pede uma explicação: é importante observar que certos livros sob a classificação de "referência" podem muito bem ser considerados obras ficcionais, dependendo da realidade onde a pessoa estiver.)

Embora as instalações pertencentes à Fraternidade (entre as quais o Clube Oneiros) possuam amplas bibliotecas com grande variedade de material de leitura, nenhuma delas tem vinculação com a Biblioteca Onírica. Ela não se localiza em nenhum espaço físico, mas onírico, acessível somente através da Casa pelo mecanismo dos sonhos lúcidos.

Isso não a torna infinita nem eterna, ainda que possa parecer assim e mais de um escritor a tenha descrito desse jeito. Ela não surgiu espontaneamente, tampouco é uma metáfora para o universo ou qualquer outra coisa; a Biblioteca Onírica é o esforço de gerações de oneironautas desde a criação da Fraternidade, no século XVIII. O fato de que ela contém informações que remontam a mais de cinco mil anos de história humana é prova cabal da competência de seus agentes em navegar por contrapartes distantes com o intuito de coletar esses dados.

O que não quer dizer que não existam outras bibliotecas, mais antigas, criadas por outros seres, em outros mundos. A oneironáutica não é exclusiva da humanidade."

In Libro Somnium

A Biblioteca Onírica não se parecia com nenhuma outra que January já tivesse visitado. Nem mesmo como Jerry Pond, e ele até que fizera um uso razoável daquele acervo. O pouco que ela agora conseguia lembrar de sua última consulta como Pond tinha a ver com paredes brancas e estantes metálicas. O espaço de sonho lúcido em que ela se encontrava naquele momento era diferente.

O que ela tinha diante de seus olhos (olhos de sonho, claro) era uma imensa galeria de formato hexagonal, com estantes de madeira escura que subiam a uma altura de cerca de quinze metros até o teto e faziam curvas impossíveis para cobrir parte da abóbada por todos os lados, com a exceção de uma abertura circular no centro que deixava entrever mais andares acima. Como os livros lá em cima não despencavam, era um mistério que January, boquiaberta, só poderia atribuir ao fato de que estavam num ambiente de sonho.

No centro da galeria havia algo que parecia um poço de ventilação, cercado por grades muito baixas. January foi até lá. O piso de granito fazia com que os saltinhos de seus sapatos produzissem um som oco e abafado nas lajotas. (Por que diabos ela também apareceu no sonho vestindo a mesma roupa que estava usando na expedição ao Snæfellsjökull, não sabia dizer. Assim que pudesse, tentaria descobrir uma maneira de sonhar a si mesma com roupas mais confortáveis.)

Curvou-se sobre a grade e espiou para baixo. O padrão de estantes se repetia até onde a vista podia alcançar, em andares aparentemente infinitos também.

— A distribuição das galerias é invariável — disse uma voz às suas costas. January se virou apressada e viu um homem que se aproximava dela devagar, com passos tranquilos. — Seguindo sempre em frente, a senhorita verá que a galeria acaba por se abrir para um corredor estreito, que leva a outra galeria, idêntica à primeira e todas elas. Se notar bem, verá que no meio do corredor, à sua direita, há uma escada em espiral, que conduz aos andares superior e inferior. No corredor existe um espelho que reproduz fielmente as aparências. Os homens geralmente inferem desse espelho que a Biblioteca não é infinita; se realmente o fosse, por que esta duplicação ilusória? Prefiro imaginar que as superfícies polidas aparecem e prometem o infinito.

— Homens? — January interrompeu, incomodada com a explanação do sujeito. — Mulheres não frequentam a Biblioteca?

— Certamente, senhorita — o homem respondeu, muito sério. — Este local está aberto a todos os viajantes dos sonhos.

Ela olhou com atenção para o homem, que devia ter cerca de uns cinquenta ou sessenta anos (mas isso ela não sabia dizer ao certo, ainda era muito jovem para calcular com precisão a idade de pessoas mais velhas que ela), um metro e setenta de uma compleição nem gorda nem magra e metida num terno provavelmente do século XX, pelo que se lembrava da moda daquele tempo futuro. Ele tinha os cabelos penteados para trás e meio umedecidos pelo que devia ser uma espécie de pasta ou creme, e o mais intrigante: inclinava a cabeça de maneira estranha ora para um lado, ora para outro. January já vira algumas pessoas cegas fazerem isso, mas esse homem caminhava sem auxílio de uma bengala e parecia enxergá-la muito bem.

— E o senhor, quem é? — perguntou.

— Sou um dos bibliotecários. A Ordem Superior me concedeu o desejo de viver aqui nos meus sonhos. Também me deu a felicidade de poder enxergar os livros enquanto durmo, algo que desgraçadamente não me é mais permitido no mundo desperto.

— Existem bibliotecárias, suponho.

— Dentro destas paredes, e sei que a senhorita entende que *paredes* aqui são meramente um modo de dizer, uma figura de linguagem talvez, porque estamos numa outra esfera, como o céu de Swedenborg ou mesmo as visões de ópio do coronel Burton, os leitores podem ser auxiliados por toda sorte de bibliotecários, de todos os sexos, de todas as eras. Se existe um paraíso, ao menos para mim, é esta Biblioteca.

January assentiu, olhando mais uma vez para as estantes impressionantes e impossíveis.

— Creio que entendo o senhor. Falando em Burton, aliás, foi o próprio Sir Richard quem me enviou aqui.

— Eu imaginei, senhorita. A maioria dos aprendizes aqui chegam encaminhados por ele.

January não se surpreendeu.

— Então o senhor sabe que eu preciso de uma orientação.

— Estou aqui para orientar, senhorita. Permita que eu seja seu fio de Ariadne neste labirinto.

Ela ignorou a metáfora.

— Preciso de tudo o que o senhor puder conseguir a respeito de duas pessoas: o coronel Daniel Dravot e o dr. Robert Jones.

— Não é difícil encontrar informações quanto a Daniel Dravot; é um nome imediatamente reconhecível para os aficionados em Kipling.

— Como assim?

— A senhorita se refere, evidentemente, a Daniel Dravot, personagem de Rudyard Kipling em seu conto *O homem que queria ser rei*.

January ficou aliviada por ainda estar sonhando. A trama estava definitivamente se adensando e ela precisava de tempo para entender tudo. Torcia para que tivesse esse tempo.

— Existe outro Dravot?

O bibliotecário levantou ligeiramente a cabeça, como se estivesse vendo algo sobre o ombro dela. Fechou os olhos e murmurou algo que ela não conseguiu compreender, depois os abriu.

— Existem alguns, mas nenhum deles é relevante para a senhorita. Como muitas pessoas nas Infinitas Realidades, o coronel Daniel Dravot é um personagem em muitos mundos, e uma pessoa absolutamente real em outros. Se me permite a observação, suponho que a senhorita venha do final do século XIX, talvez 1890?

— 1888.

O bibliotecário sorriu. January pensou ter percebido uma leve condescendência no ato.

— É precisamente o ano em que A. H. Wheeler and Co. fez publicar na cidade de Allahabad o livro *The Phantom Rickshaw*, onde o conto se encontra. A senhorita não teria conseguido ler a história antes do começo de 1889, que é quando o livro finalmente chegou a Londres. Se quiser aguardar numa das mesas, por gentileza... — E fez um gesto para um ponto às costas de January, que ela de algum modo não tinha visto quando entrara. Ali, ao lado da grande porta de madeira escura, ela viu fileiras e mais fileiras de mesas compridas de consulta.

Ia se dirigindo para lá quando parou e deu meia-volta.

— Desculpe. Vou precisar de informações sobre o coronel Dravot, mas, quanto ao dr. Jones, é importante que eu tenha também informações sobre sua contraparte no século XX. Desculpe, mas não sei como ele se chama lá.

— Eu sei essa informação, senhorita. Um momento, por favor.

January se dirigiu à mesa mais próxima, mas não precisou esperar. Mal acabara de se acomodar, o bibliotecário apareceu a seu lado sobraçando uma pequena pilha de livros, que colocou na mesa em frente a ela.

— O tempo não existe, é apenas uma convenção — ele disse com um leve sorriso nos cantos dos lábios, e se afastou.

O primeiro livro da pilha tinha como título *The Phantom Rickshaw and Other Eerie Tales*.

O segundo era uma biografia de um cantor chamado David Bowie.

Capítulo dezenove

Uns livros

> "Se, como nos ensinam de modo muito sagaz Diderot e D'Alembert na Enciclopédia, a natureza é um livro pronto para ser aberto e lido pelo homem, a natureza humana já é dada desde o nascimento de modo tal que não é preciso muito esforço para ler as páginas que constituem uma vida. Basta uma rápida conversa ou até mesmo olhar firmemente nos olhos de um homem para que ele revele seus mais profundos segredos."
>
> Dos diários de Franz Mesmer

S entada na Biblioteca Onírica, January perdeu a noção do tempo. Como em qualquer sonho lúcido, o tempo passava de modo completamente diferente do que no mundo real. Aliás, o que foi mesmo que dissera o bibliotecário? *O tempo não existe, é apenas uma convenção.* E era a mais pura verdade.

O primeiro livro continha quatro narrativas de horror. Folheando os contos, January percebeu que três deles eram sobrenaturais. Apenas um se passava no mundo real, e era justamente *O homem que queria ser rei*.

O narrador, um jornalista que a julgar pela descrição só poderia ser o próprio Kipling, encontra numa de suas viagens dois sujeitos muito falantes, os militares britânicos Daniel Dravot e Peachey Carnehan. Dias depois, eles o procuram no seu escritório em Lahore, na província de Punjab, no Paquistão. Estavam em busca de livros e mapas sobre o Kafiristão, um pequeno país próximo do Afeganistão, onde Alexandre Magno teria deixado parte de seu incalculável tesouro no caminho para a Índia, e morreria sem jamais recuperá-lo. O jornalista acaba virando testemunha de um juramento maçônico entre os dois: eles entrarão naquele país distante, se tornarão reis e terão acesso à fortuna alexandrina.

Dois anos mais tarde, um deles retorna ao escritório do jornalista. É Carnehan, agora quase cego, mutilado e vestido em andrajos, que lhe conta como tudo deu errado, e Dravot, o homem que tanto quis ser rei que acabou conseguindo: foi morto pela turba enfurecida de kafiris, e ele próprio, o primeiro-ministro, foi crucificado e libertado depois de uma noite inteira de sofrimento. Carnehan é internado num sanatório logo depois do encontro com o jornalista, onde é encontrado morto alguns dias depois.

Mas, antes da internação, ele ainda consegue mostrar ao jornalista o único tesouro que conseguiu trazer do Kafiristão: o crânio de seu amigo Dravot, ainda usando a coroa de ouro que lhe fora concedida na chegada àquela terra. Pois, e aí residia a triste ironia da história, era tudo verdade: os kafiris protegiam o tesouro de Iskander, o rei-deus que chegara com seus exércitos àquela região tantos séculos antes e guardara parte de suas riquezas ali, prometendo voltar um dia. Ao ouvir essa história ser confirmada pela boca dos próprios habitantes do país, Dravot se apresenta como filho de Iskander. Na mesma hora um soldado kafiri desfere uma flecha contra seu peito, mas o homem — que na narrativa de Kipling é um tenente do exército britânico — nada sente e arranca furioso a flecha do peito, para espanto de todos, que se prostram ao chão e o aclamam filho de Iskander, portanto também um rei-deus. Mais tarde Dravot explica a Carnehan que trazia por baixo da camisa uma bandoleira de couro, onde por um feliz acaso a flecha foi se cravar, deixando o ex-tenente-agora-rei incólume. Meses depois, ao brigar com uma das concubinas que lhe foram dadas, ela o arranha no rosto e tira sangue, o que prova aos kafiris que Dravot era humano, pois deuses não sangram. E deu-se a tragédia.

January estremeceu ao ler a passagem da cabeça cortada com a coroa de ouro. Sem dúvida um fim adequado para o Daniel Dravot do conto. Mas seria ele a mesma pessoa?

Era uma pergunta retórica, ela sabia. Lembrava-se muito bem de Dravot e seu parceiro Peachey Carnehan na sala de jantar, e da palavra "Kafiristão" pronunciada ao saírem porta afora. Se o tenente, aliás coronel, estava vivo ali, com eles, era porque certamente a viagem ao Kafiristão não acontecera, ou ele de algum modo conseguira sobreviver.

Mas e Robert Jones? Ou melhor, David Bowie? Qual o papel dele no grande esquema das coisas?

Abriu o *Livro das Lendas* dele. Era exatamente o mesmo volume de capa de couro vermelho que Jerry Pond havia lido em 1968, com as mesmas informações. Ali, entretanto, a lenda de Bowie continuava, até o longínquo ano de 2016, quando o músico já famoso em todo o planeta morreria de câncer no fígado. O livro ainda se estendia por algum tempo, documentando a influência dele ao longo das próximas décadas. Mas era só.

Pela primeira vez desde que conhecera Jones, January Purcell se sentiu realmente sem saber o que fazer.

— Você está no lugar errado — uma voz sussurrou bem atrás dela.

January deu um pulo... ou tentou, porque uma mão apertou seu ombro e impediu que ela fizesse um movimento brusco.

— Não faça barulho, January. Borges tem uma audição bem aguçada.

Ela se virou. Hipátia estava em pé às suas costas.

— Por que você sumiu? — ela perguntou. — Não vejo você há dias! Estava precisando de sua ajuda.

— Digamos que minha presença aqui não é muito bem-vinda. Venha comigo.

January se levantou com o mínimo de barulho possível e seguiu Hipátia. O bibliotecário não estava por perto até onde ela podia ver. A instrutora a levou por entre as mesas até uma porta escondida entre as estantes. Só quando Hipátia tirou uma chave do bolso para abri-la foi que ela reparou que a egípcia não estava vestida com a toga que costumava usar, mas com uma roupa bem mais moderna: calça e camisa cáqui, e botas de couro marrom. January achou aquela figura muito familiar, mas não conseguia se lembrar de onde. Hipátia percebeu o espanto dela.

— Quando em Roma, aja como os romanos, conhece o ditado? — perguntou ao virar a chave. — Ademais, aqui Borges não é cego. Se ele me visse assim, até concluir que sou eu demoraria um tempo para soar o alarme.

— Alarme?

Hipátia abriu a porta.

— Rápido, entre logo.

Quando January passou, percebeu que estava no Serapeum novamente. Hipátia trancou a porta e guardou a chave no bolso mais uma vez.

— Aqui estamos protegidas.

— Você não me contou que o Serapeum fazia parte da Biblioteca Onírica — January disse.

— Há muita coisa que não lhe contei, January, e muita coisa que ainda está por ser contada.

— Por que não podíamos ficar lá?

— Os melhores livros estão aqui. — Hipátia começou a descer os corredores. — Os bibliotecários não lhe mostrariam tudo o que você precisa saber. O acesso ao Index só é franqueado aos oneironautas através de solicitação especial da Ordem Superior.

— Index? Como na Igreja?

— Sim, como o Index Librorum Prohibitorum que a Igreja Católica criou no século XVI. Quando jovem, eu achava que o futuro seria muito mais avançado e livre que no meu tempo. — Ela suspirou. — Foi preciso aprender a navegar nos sonhos para deixar de sonhar com um futuro melhor.

— Você não sonha mais com isso?

— Não. Agora eu luto.

— E eu? — January finalmente tomou coragem para fazer a pergunta que sempre quis fazer e que, no fundo, era a única que de fato importava. — Qual o meu papel nisto tudo?

— Qual o papel que você quer desempenhar nisto tudo?

Ela já sabia a resposta.

— Quero fazer o bem. Quero estar do lado do bem. — E, olhando nos olhos de Hipátia: — Estou?

Hipátia sorriu. Mas era um sorriso triste. Aproximou-se de January e fez algo que nunca havia feito antes. Levantou a mão e acariciou o rosto de sua aluna.

— Você ainda acha que o bem e o mal são absolutos, minha menina? Depois de tudo o que eu lhe mostrei, de tudo o que você mesma tem vivido? Muitas vezes, o que é bom para uns é ruim para outros. Toda a história da humanidade é isso, para todos os homens. E é ainda pior para nós mulheres.

January se lembrou da noite em que Dravot a olhou com desejo no jantar na casa de seus pais. E estremeceu de nojo.

— Se você precisa saber, January, nós estamos do lado certo da história.

— Então me ajude. Qual o papel de Robert Jones nessa história? O que devo fazer?

— Não sabemos ainda qual o papel dele. O *Livro das Lendas* é incrivelmente vago a esse respeito.

— Isso é normal?

— Não.

— Alguém pode ter adulterado o livro?

Hipátia balançou a cabeça em negativa, mas seu rosto mostrava incerteza.

— Até onde sei, os livros da Biblioteca Onírica não podem ser adulterados. — E, depois de um tempo: — Mas para a Ordem Superior nada é impossível.

— Mas por que eles fariam isso?

— Não sabemos se são eles. Mas seus desígnios são insondáveis. Seja como for, você vai ter que improvisar. Se puder, ajudarei. Mas esta batalha é sua. — Ela parou e levantou a cabeça por um instante, como se estivesse escutando algo ao longe. — Agora volte ao mundo desperto. Você precisa estar bem acordada para enfrentar o que vem pela frente.

Capítulo vinte

Uma surpresa

"O tempo, sabemos, é relativo. Se tal é verdade com relação ao deslocamento no espaço (vide o Paradoxo dos Gêmeos postulado por Einstein), a percepção torna isso ainda mais evidente. Sonhos que parecem ser muito rápidos por vezes nos fazem acordar e perceber que horas se passaram enquanto dormíamos. Em outras ocasiões, sonhos que parecem se desenrolar ao longo de dias nos custaram meramente o tempo de um cochilo.
 Sonhos normais e lúcidos em geral fogem ao nosso controle tanto em duração quanto em percepção. Viagens entre realidades, entretanto, podem ser manipuladas com certa facilidade, mas não sem um bom tempo de treinamento no mundo real."

In Libro Somnium

Durante a subida do Snæfellsjökull, o cérebro de January fervilhara de pensamentos. Ela não tinha como parar de pensar; ainda que o tempo naquela região não estivesse ruim, não podia se dar ao luxo de adormecer no meio do caminho. Uma coisa era dormir e provocar o estado de sonho, o que todo oneironauta treinado controlava. Outra bem diferente era adormecer sem querer e ter seus sonhos invadidos e controla

A palavra-chave era *controle*.

January se lembrava bem dos seus primeiros sonhos sem controle. O primeiro, claro, que durante anos a deixara ruborizada — e molhada entre as pernas, ainda que ela tentasse não pensar naquilo — e vários outros, que não tinham nada a ver com sexo mas que a deixaram tão surpresa e perplexa quanto, ou mais até.

Foi o caso do cinema.

Ela — não, *ele*, Jerry Pond, sempre ele, sua contraparte masculina — estava sentado numa sala escura, fumando um cigarro turco. Mas a sala, enorme, repleta de pessoas, ficava em Londres, isso ela sabia. Todas sentadas, umas fumando, outras mastigando amendoins ou pipoca, e todas olhando mesmerizadas para uma gigantesca tela onde fotografias se movimentavam.

Não, fotografias não; como Hipátia já havia lhe dito lá no começo de seu treinamento, as memórias de outras vidas se desvaneciam com o tempo, de modo que o oneironauta não se lembrava com precisão de tudo, e às vezes tentava substituir as lembranças perdidas com imagens e conceitos de sua própria época. E o cinematógrafo só seria inventado pelos irmãos Lumière em 1895, portanto anos à frente de seu tempo.

Mas, no sonho, Pond estava dentro de um cinema londrino em 1963. Disso ela se lembrava porque havia acontecido no dia 22 de novembro. O dia do assassinato do presidente dos Estados Unidos, John F. Kennedy.

Pond não dava a mínima para o presidente morto. Naquele momento ele estava bem mais interessado numa garota francesa que queria conquistar. Tinham ido assistir a uma reprise de *Casablanca* porque era o filme favorito da mãe da moça e ela tinha muita vontade de ver Humphrey Bogart e Ingrid Bergman. Pond gostava do filme.

As lembranças dessa noite eram esparsas na mente de January. Imagens em preto e branco e som muito alto se misturavam e a confundiam. Ela se lembrava de homens de uniforme (Nacistas? Nazistas?), canções ao piano e com orquestra e roupas que na época de Pond já eram antigas, mas que estavam distantes no tempo de January Purcell.

Mas o mais estranho para ela eram os chamados "cortes" ou "edições". A forma como a passagem do tempo era mostrada aos saltos dentro da película era algo que sempre encantara Pond — e a January ainda mais.

Enquanto subia o Snæfellsjökull, ela se dava conta de que esses tais cortes eram bastante semelhantes ao que ela sentia nos seus lapsos entre sonhos. E a suspeita de estar sendo sonhada, ou pelo menos ter seus próprios sonhos manipulados, voltou com força.

January não conseguia se recordar do ano em que a história do filme se passava. Ela se lembrava que naquela noite acordou pensando se viveria tempo suficiente para ver aquele filme em seu corpo atual. E foi a primeira vez em que pensou na própria mortalidade a sério.

A mais recente seria no momento em que despertou do sonho no Serapeum. Ela esperava estar ainda do lado de fora do vulcão, na borda da caldeira. Mas, quando abriu os olhos no mundo real, percebeu que estava pendurada sobre o abismo. Ela estava dentro do vulcão, em plena descida.

Suas mãos agarravam com força as cordas que formavam, junto de uma correia de couro que servia como assento, uma espécie de balanço. January abaixou a cabeça e viu que sua cintura estava presa às cordas e à correia por um arnês, que evitaria que ela despencasse mesmo que uma das cordas se rompesse. Não que isso servisse de consolo para ela.

— *Fröken* Purcell! — A voz de Hans veio num grito em islandês acima de sua cabeça. — A senhora está bem?

Só então January se deu conta de que devia estar ali já fazia algum tempo.

— Estou, Hans — respondeu, depois de respirar muito fundo.

— Hans vai descê-la devagar para evitar o atrito das cordas na pedra, senhorita — o fastidioso Dravot se apressou em explicar novamente. Sua voz vinha de baixo. January não se dignou nem a olhar para ele nem a responder.

January esperou minutos muito desorientadores até terminar de descer ao chão da caldeira. Ao tocar os pés na pedra, Dravot correu para desafivelar o arnês a fim de que o aparato pudesse subir e trazer o restante da expedição. January precisou se conter para não recuar nem gritar. Mais alguns segundos extremamente desconfortáveis tentando evitar que ele sequer encostasse os dedos nela e por fim a corda subiu. Ela tirou a mochila das costas e se pôs a procurar seu relógio, aproveitando o ensejo para se distanciar de Dravot.

Ao pegar o relógio e constatar que podia enxergar sem nenhum problema os ponteiros, ela levantou a cabeça e viu que o dia já tinha nascido.

— Surpresa, srta. Purcell? — a voz grave e áspera de Dravot disse, quase ao seu lado. — Nesta região do mundo, o sol se põe tarde e nasce muito cedo.

January continuou olhando o relógio e ignorando o coronel. Viu que cerca de quatro horas haviam se passado desde que adormecera com os demais na beira da cratera. Mas não conseguia entender por que havia acordado horas depois, mesmo tendo o controle sobre o sonho. Como era possível?

Isso era preocupante, ainda mais porque não sabia o que acontecera nesse ínterim nem o que fizera num estado de inconsciência. *Será possível que ninguém reparou?*, ela se pegou pensando. E, olhando de esguelha para Dravot: *será que ele reparou?*

Tentou se acalmar e organizar os pensamentos. Pelo menos ela agora sabia muito mais a respeito de Dravot e de Jones, ou Bowie, que era aquele cantor muito estranho e tremendamente interessante que ela vira no palco do Hammersmith Odeon no ano da graça de 1973, portanto quase cem anos em seu futuro. Não sabia se conseguiria tanto tempo de sono minimamente tranquilo nos próximos dias, ainda mais com esses estranhos saltos temporais; torcia para que aquelas informações fossem suficientes para prepará-la de algum modo para o que estava por vir, e que ela ainda não sabia o que era.

Quando todo o resto da expedição terminou de descer, Hans retirou de sua mochila um toco de giz branco e se dirigiu para o lado oposto ao da parede onde as cordas estavam encostadas. Havia uma grande abertura redonda ali.

— Foi por este tubo de lava que descemos — ele falou. — Mais adiante encontramos a primeira das marcas feitas na rocha por Saknussemm, mas não sabíamos disso quando descemos. Agora eu vim preparado. — E, na entrada do tubo, desenhou uma flecha com a ponta voltada para a frente. — Se precisarmos voltar por aqui, não vamos nos perder. Amarrei bem as cordas lá em cima. Poderemos subir sem grande dificuldade. — Enfiou o giz num dos bolsos da jaqueta e seguiu em frente.

O tubo de lava formava uma leve inclinação de descida, o que tornava a viagem razoavelmente fácil para o grupo. Hans ia na frente, seguido uns dez metros atrás pelo dr. Jones, que parecia bem melhor depois da noite de descanso, mas mesmo assim o indefectível coronel Dravot seguia como um fiel cão de guarda ao seu lado, incentivando-o a continuar. Agora January não queria mais ser a última: seguiu-os bem de perto, andando a passos largos ao lado de Sklodowska, que parecia animada.

— Isso é *merveilleux* — disse ela. — A temperratura aqui é quente, mas não muito. Quase sinto vontade de tirar o casaco.

A polonesa usava um casaco de pele. Muito grosso para o gosto de January, que preferia materiais mais leves. Só então olhou para baixo e percebeu que estava usando um casaco de lã. Não conseguia se lembrar de quando o colocara.

— Se o ângulo de inclinação continuar tão leve quanto está agora, vamos demorar um pouco até sentir calor de verdade — disse ela. — Na verdade, se houver um sistema de cavernas real lá embaixo, provavelmente há muito vento, então eu diria que a chance de sentirmos calor é muito pequena.

— Só espero que não demorremos muito para chegar lá — disse Sklodowska.

— Eu não me preocuparia muito com isso.

— Por que você diz essas coisas, *mon cher*? Estamos descendo esse caminho há dois dias.

January parou onde estava.

Isso está muito errado.

Agarrou Sklodowska pelo braço.

— Você está brincando? Posso garantir que isso não é divertido.

A polonesa pareceu assustada.

— Como assim?

— Você está me dando a mesma droga que deu ao dr. Jones?

— Do que você está falando?

— Você sabe muito bem.

— Senhoras, por favor! — A voz alegre de Hans agora tinha um tom preocupado. — Não se afastem de nós. É fácil se perder por aqui.

À luz da lanterna Coleman que carregava, Sklodowska também parecia preocupada.

— Ele tem razão. Não quero me perder nestes túneis.

— Que túneis?

Sklodowska murmurou baixinho algo ininteligível. Talvez um palavrão em polonês, pensou January.

— Quer dizer que você não se lembra?

— Não me lembro de ter começado a descida. Na verdade, não consigo me lembrar de muitas coisas, inclusive de ter acordado lá em cima.

— Rápido, precisamos continuar — disse Sklodowska, invertendo as posições e pegando a outra pelo braço. — Mas não se preocupe. De acordo com o que Hans nos disse esta manhã, devemos chegar ao nosso destino em algumas horas. E aí você vai me contar tudo sobre o que é isso que você está sentindo e também poderá descansar um pouco.

January começou a andar logo atrás da polonesa. Naquele instante ela não tinha certeza de mais nada. A luz da lanterna projetava sombras longas e distorcidas sobre as paredes da caverna, mas, além de uma tontura, ela não sabia dizer se não estava sonhando.

Será que estava presa dentro do sonho de alguém? Mas ela conseguiu dormir pouco antes de entrar no tubo vulcânico e entrar no sonho de Burton. Por outro lado, ela não parecia estar dormindo, e para sonhar teria que dormir. Alguém na expedição estaria atrapalhando deliberadamente seus esforços?

Sklodowska parecia bastante inocente. Ela colocou Hans de lado porque eles tinham acabado de se conhecer, e nada em seu comportamento traía qualquer conhecimento dessas coisas. O coronel Dravot era o candidato mais provável.

E fazia todo o sentido. Ele exercia uma vigilância sobre o dr. Jones que parecia ultrapassar os limites do razoável. Era bem verdade que January não tivera acesso ao histórico dele em sua realidade, até porque ele não era um membro da Fraternidade, e portanto não tinha um livro para sua lenda pessoal. Então January não tinha como saber se ele chegara a viver aquela aventura no Kafiristão, ou sequer o que ele havia vivido na Inglaterra ou em qualquer outro lugar do Império desde a última vez em que o vira, tantos anos antes.

Mas essa pergunta, pelo menos por enquanto, não tinha resposta.

A única pessoa em quem ela conseguia pensar era o próprio dr. Jones, mas, a julgar pelo sonho a bordo do *Pagão*, ele ainda não sabia como acessar suas habilidades de oneironauta. January teria que confrontá-lo assim que chegassem ao seu destino.

Isso levou algumas horas, como Sklodowska havia prometido. Agora que estavam no subterrâneo, só podiam contar com seus relógios para marcar o tempo, uma vez que obviamente não podiam ver se era dia ou noite lá fora. Caminhavam devagar mas confiantes, parando apenas para atender aos chamados da natureza, o que constituía um problema naquela vastidão desolada (e o interior de um sistema de cavernas era tão selvagem quanto a savana africana ou a selva amazônica, o dr. Jones disse a eles durante a descida); como Hans não queria que ninguém se afastasse do grupo — o que havia acontecido com Axel, sobrinho do professor Lidenbrock, durante a primeira viagem dele àquelas regiões, e isso quase lhe custara a vida —, eles tiveram que parar a cada três ou quatro horas e organizar pequenos grupos de homens e mulheres, tomando o máximo cuidado para não apagar as lanternas nem iluminar demais o que não deveria ser trazido à luz, ainda segundo ele.

Durante o primeiro dia da viagem (como agora Sklodowska estava explicando a January, já que ela não tinha nenhuma recordação disso), Hans lhes regalou com mais detalhes da expedição de Lidenbrock. Como ele dissera no início da descida, uma das coisas que encontraram ali embaixo foi uma série de marcadores deixados por Arne Saknussemm. O velho alquimista esculpiu sigilos na pedra das paredes: círculos com setas apontando na direção que ele havia tomado e as letras AS abaixo deles. Na primeira encruzilhada, o sigilo estava no caminho da esquerda. Então, eles o pegaram.

Essa ação seria repetida meia dúzia de vezes durante a caminhada. January tentou memorizar o caminho, mas desistiu após o quarto sigilo. Estava começando a sentir calor, e precisou tirar o casaco para não passar mal. O interessante, porém, era que seus dedos periodicamente tocavam as paredes e sentiam frio.

— Isso é estranho — disse Hans, também tirando seu casaco grosso. — Não me lembro de estar tão quente aqui neste ponto.

— Você está familiarizada com o conceito de radiação? — Sklodowska sussurrou para January.

— Sim — ela respondeu, embora não pudesse dizer à polonesa que havia lido muito sobre sua contraparte Marie Curie e sua morte por exposição a materiais radioativos em outra realidade.

— Este calor é de natureza semelhante. Não irradiação pelo sol, mas por algum tipo de mineral.

— Você acha que estamos nos aproximando de um depósito de quap? — ela perguntou, lembrando-se da substância mencionada pelo dr. Jones em seu laboratório poucos dias antes, mas que para January parecia realmente uma eternidade.

— Não sei. Embora pareça a única explicação possível neste momento.

Foi então que o dr. Jones desmaiou.

De onde estava, January o viu subitamente desabar como uma marionete sem cordas. O coronel Dravot conseguiu segurá-lo a tempo de evitar que ele caísse no chão. Pegou-o no colo e o carregou por alguns metros, guiado por Hans, até chegarem a um afloramento de rocha quase do tamanho de uma cama, onde o depositou com suavidade. Assim que tocou na pedra fria, o dr. Jones despertou com um leve gemido.

— Vamos passar a noite aqui — disse Hans.

— Não — respondeu o dr. Jones. — É só o calor. Vou descansar um pouco e depois prosseguimos.

— Melhor não.

— Você ouviu o doutor — retrucou Dravot, quase gritando. — Eu o carregarei se preciso for.

— Não haverá necessidade disso — uma voz explodiu do outro lado do afloramento. Uma voz que não pertencia a nenhum deles.

January estremeceu, como se a voz fosse feita de agulhas de gelo espetando seu couro cabeludo. Sklodowska apenas ficou onde estava, como se estivesse congelada. Hans virou abruptamente a lanterna na direção da voz estranha.

Era um anjo.

Essa, pelo menos, foi a primeira impressão de January, que imediatamente culpou sua formação religiosa na Igreja Anglicana. Porque estava mais do que claro que não era um anjo, não podia ser: essas coisas não existiam, ela sabia disso. Mas a pessoa não se parecia com nada que ela já tivesse visto na vida: muito alta (ela calculou que devia ter uns dois metros e meio de altura, talvez três), pele muito pálida, quase como alabastro, assim como os cabelos, compridos, caindo sobre seus ombros. Ela tinha quase certeza de que a figura era masculina.

O ser usava uma espécie de toga, que cobria um dos ombros e atravessava o peito liso e branco. Quando ela olhou para os pés, a primeira impressão foi que ele estava descalço. Mas, depois de olhar com atenção, ela viu que seus pés estavam envoltos em sandálias finas e incolores.

— Vocês caminharam muito — continuou a figura. — A compleição física dos humanos não é capaz de suportar por muito tempo os rigores destas regiões abissais. Nós podemos lhes fornecer repouso e alimento.

— "Nós"? — perguntou January, finalmente saindo de seu torpor. — "Nós" quem?

A figura curvou os lábios para cima. Em um ser humano comum, isso teria sido interpretado como um sorriso. January achou a expressão incrivelmente perturbadora.

— Nós temos muitos nomes. Somos Ana. Entre nós, também nos chamamos de Vril-Ya. Somos a Raça Futura. E aqui... — Ele fez um gesto abrangendo os túneis. — ...é onde meu povo vive.

Então Dravot se levantou.

— O senhor é o magistrado, presumo — disse a ela. — Exatamente quem eu queria ver. Sou o coronel Daniel Dravot e peço sua ajuda em nome do professor Moriarty, Amigo dos Vril-Ya.

Por essa January não esperava.

Capítulo vinte e um

Um ser da Raça Futura

"O Longo Jogo é tão intrincado quanto o Grande Jogo, com um fator adicional e macabro no que se refere à noção subestimada do que se entende por *realidade*. Um estratagema particularmente perverso, por exemplo, é a Inversão, que ocorre quando um agente tenta convencer seu adversário de que ele não está errado por motivos políticos, mas pelo simples fato de que ele não é um oneironauta, porque não existe viagem onírica, tudo isso é uma grande ilusão, e que na verdade ele é um paciente internado em um sanatório. Bedlam, como sabemos, está cheio de nossos inimigos."

Dos diários privados de
Sir Richard Francis Burton

O magistrado se aproximou do dr. Jones e se ajoelhou ao seu lado. Em seguida, pôs a mão esquerda na testa do homem e a direita, que agora January via que segurava um pequeno bastão, lhe tocou o ombro. Jones teve um breve estremecimento, e se sentou bruscamente, olhos arregalados, como se tivesse despertado de um sonho. A cor voltou às suas faces.

— Muito obrigado — foi tudo o que ele conseguiu dizer, depois de um tempo.

O magistrado não disse nada. Levantou-se e fez um gesto para que todos o seguissem. Ele os conduziu por uma pequena rampa até uma espécie de vale mais abaixo, que ficava logo além do promontório, por uma espécie de trilha lateral que January nunca notaria se o Vril-Ya (existia um singular, ou o nome da raça permanecia inalterado? Ela estava curiosa, mas não era o momento de perguntar isso) não tivesse virado de repente para a esquerda atrás de uma pedra.

Eles o seguiram por quase trinta minutos. Até que chegaram à Cidade Branca.

O túnel que haviam percorrido se abriu para revelar uma gigantesca câmara, cujo teto January mal conseguia distinguir por entre uma neblina estranha, que mais parecia camadas de nuvens. Uma imensa escadaria, visivelmente artificial — January pensou consigo mesma: *feita por mãos humanas*, mas se corrigiu , porque o magistrado definitivamente não era humano —, descia até um vale onde era possível ver uma série de construções escavadas na rocha. À medida que desciam, ela conseguia perceber mais e mais detalhes arquitetônicos.

A cidade era uma grande e extensa aglomeração de prédios baixos, não muito diferentes das habitações dos índios Pueblo americanos que January havia visto em ilustrações de jornais, ainda que as roupas do magistrado mais parecessem derivadas das vestimentas gregas ou romanas da Antiguidade. Um prédio se destacava no meio do casario: maior que as demais construções, tinha um formato que lembrava de passagem a arquitetura egípcia das primeiras dinastias. Sua entrada era emoldurada por enormes colunas, que subiam a partir de plintos em forma de paralelogramos. As colunas terminavam em capitéis em estilo coríntio, imitando a folhagem da vegetação que, agora ela percebia, cercava a tudo ali. Umas pareciam aloe, outras samambaias.

Mas, apesar das plantas, uma coisa que January reparou foi a total falta de cor dos prédios. Tudo na cidade era branco ou cinza. As plantas eram mais acinzentadas do que verdes, o que lhes emprestava um aspecto doentio. Agora que haviam descido ao chão do vale, January podia ver tudo em detalhes, embora não conseguisse entender como as nuvens eram formadas, nem de onde vinha a luz perolada que a tudo envolvia.

Então outros seres idênticos ao magistrado começaram a aparecer de dentro das habitações, e tudo foi ficando mais claro. Literalmente.

— *Mais c'est remarquable* — disse Sklodowska baixinho. — Me parrece que as plantas aqui emitem uma luz frraca. E esses seres também. São como algumas criaturas do fundo do mar. Será que *son* radioativos?

— Acha que corremos algum perigo? — January perguntou.

— *Non è* prrovável. Se são saudáveis, como parrece ser o caso, então sofreram mutação suficiente ao longo das gerrações para tornar a sua luminosidade um traço hereditário, mas não prrejudicial, para si ou para os outros. Por outro lado, porém... — Ela inclinou a cabeça, refletindo. — ... há muita endogamia por aí, até onde posso ver. Seus corpos são enorrmes e todos têm o mesmo fenótipo.

— Certamente não há negros aqui.

— Nem vermelhos. Nem amarelos.

— Nem tampouco brancos, aliás — trovejou a voz do magistrado novamente. — Nós nos parecemos com vocês, mas não somos humanos de nenhuma maneira concebível, meus amigos. Somos uma raça inteiramente diferente. Uma evolução, por assim dizer.

— Vocês sempre moraram aqui no subterrâneo? — Sklodowska perguntou.

— Não — respondeu o magistrado enquanto caminhava à frente deles. — Muitos milênios atrás vivíamos na superfície, até que uma série de cataclismos nos fez buscar a segurança que só pode ser verdadeiramente encontrada sob a terra. Não há fim para as maravilhas aqui.

— Estamos aqui precisamente por causa disso — disse o dr. Jones.

— Eu sei. Estávamos esperando vocês.

Jones sorriu.

— O alquimista disse que eu vinha?

Sem reduzir o passo, o magistrado retrucou:

— Não. O alquimista não é amigo dos Vril-Ya.

— Mas o professor Moriarty é — Dravot prontamente arremedou.

— Qualquer ser que venha em paz e em harmonia com nossos princípios é um Amigo dos Vril-Ya.

— Não entendo — disse o dr. Jones. — Esse professor já esteve aqui antes?

— Nunca.

— Então, como...?

— O professor Moriarty nos contatou através do Vril. E, para o Vril, tempo e espaço não são obstáculos.

— O que é Vril? — perguntou Sklodowska.

— No devido tempo, mostrarei a vocês — respondeu o magistrado. — Agora vocês são meus convidados e terão minha hospitalidade. — Ele fez um gesto para que entrassem em um dos prédios. Em momento algum, seu rosto estranho, que mais parecia uma esfinge, mudou de expressão. Mas, para January, essas palavras foram ditas mais como uma ameaça do que como um convite.

— Vocês ficarão nesta residência — ele continuou ao entrarem, dessa vez em um tom que não deixava dúvidas quanto às suas intenções. O interior da casa lembrava um átrio romano, com divãs e mesinhas onde January podia ver o que pareciam frutas, embora não conseguisse reconhecer nada ali à primeira vista, e jarros de cerâmica que deviam conter água ou algum outro líquido. — Como podem ver, há bastante comida e bebida para vocês, e camas se quiserem repousar. Agora tenho uma reunião do Colégio de Sábios, mas voltarei em breve. Se me permitem. — E foi embora. A porta foi trancada.

— Somos prisioneiros — disse January.

— Não por muito tempo, acredito — disse o dr. Jones, embora também não demonstrasse muita convicção.

— Não temos como saber. Isso é preocupante. — E, se virando para Dravot: — Coronel, o que tem a dizer a respeito?

Dravot já estava sentado num dos divãs. Estava mordiscando o que parecia ser uma maçã e derramando um líquido transparente num copo.

— Não tenho nada a dizer, não à senhorita. Meu dever aqui é para com o dr. Jones.

— Ou para com o professor Moriarty? Melhor dizendo, o Napoleão do Crime?

Dravot quase se engasgou. Levantou-se de um pulo, e por um instante January temeu que ele fosse bater nela.

— Modere suas palavras, mocinha! O professor Moriarty é um homem de bem!

— De fato, srta. Purcell — o dr. Jones interferiu, agora com um tom mais formal e visivelmente incomodado —, a fama do professor Moriarty o precede, e ele nada tem de criminoso. Pelo contrário! Ele escreveu um excelente tratado sobre o Teorema Binomial aos vinte e um anos, veja bem, e hoje é professor da conceituada Universidade de Durham. De modo que ele tem um currículo acima de qualquer suspeita. Mas e a senhorita?

— Como assim?

— Eu estou aqui com uma missão, srta. Purcell, e essa missão é ajudar a humanidade. De fato, o coronel Dravot trabalha para o professor Moriarty. Foi o próprio professor quem o indicou para vir nesta expedição comigo, pois ele próprio não poderia vir por motivos de saúde.

— Mas o senhor sabia a respeito dos Vril-Ya?

— O professor havia me dito que tinha informações adicionais que me ajudariam no meu plano, mas achou por bem não as revelar por medo de que alguém da imprensa ou mesmo da Coroa descobrisse. Achei a preocupação um tanto exagerada, mas aceitei seus termos. E agora vejo que ele tinha toda a razão. Porque, deixe-me ser franco: a senhorita não está aqui para ajudar ainda mais no progresso da ciência, está? Trabalha como agente da Coroa, srta. Purcell?

— Eu sou de fato uma agente, dr. Jones, mas não da Coroa. Ou por outra: talvez eu até seja uma agente do Império, embora seja mais correto dizê-lo no plural.

— Impérios? Você é uma agente dupla então?

— Você trabalha para os russos? — perguntou o coronel Dravot. — Ou os otomanos?

— Não — ela disse. — Eu trabalho para a Ordem Superior.

— Que Ordem Superior é essa? — perguntou Jones.

— Ela tem a intenção de nos deter? — foi a vez de Dravot.

Honestamente, January não sabia. Mas ela não podia se dar ao luxo de ser honesta, não quando estava nas mãos de um inimigo em potencial.

— Nós não detemos ninguém — disse ela, para ganhar tempo. — Nós apenas observamos.

Jones esboçou um sorriso irônico.

— Você está no lugar mais privilegiado da plateia para isso — ele retrucou.

De repente, Sklodowska riu.

— Vai ser *très difficile* observar daqui desta prisão, a menos que você durma — ela disse.

January ainda tentou, mas não conseguiu disfarçar a surpresa.

— Como assim? — ela perguntou, mas já tinha uma boa ideia do que a polonesa iria dizer.

Sklodowska olhou para ela com condescendência.

— Pode parar de fingir, *ma cher*. Eu já disse a David que você é uma oneironauta.

— O quê?

— Isso é verdade, minha cara? — perguntou o dr. Jones, visivelmente incomodado.

Normalmente ela negaria, mas aquele não era o momento mais adequado para continuar fingindo, não quando eles estavam sendo feitos prisioneiros de uma raça sobre a qual ela não tinha nenhuma informação, e ainda por cima debaixo da terra, sem meios aparentes de escapar. Ela respirou fundo e respondeu:

— Sim, é verdade.

— Qual é o seu objetivo aqui? — Jones insistiu. — Sim, sei que você veio observar, mas com que finalidade? O que você faria com as informações obtidas mediante sua observação?

— Depende de quais seriam essas informações e do risco que elas poderiam trazer para a humanidade.

Sklodowska riu mais uma vez. Era um som positivamente irritante para os ouvidos de January.

— Agora você entende o que eu havia lhe dito antes, David? Que os desígnios da Fraternidade dos Oneironautas servem somente às conveniências dela própria ou de quem paga mais? Depois de tudo o que você explicou sobre como usar os diamantes como nova fonte de energia, imagine se a Coroa permitiria isso?

— Ninguém nos mandou fazer nada — January retrucou prontamente, muito embora não tivesse certeza disso. — E eu não recebo pagamento algum. — O que era a mais pura verdade.

— O maior idiota é aquele que se oferece como voluntário — Sklodowska disse. — Se não é por dinheiro, por que você se tornou um membro da Fraternidade?

January não tinha certeza absoluta de que era de fato membro da Fraternidade. Afinal, segundo Hipátia, ela pertencia à Sororidade, uma facção inteiramente feminina dos oneironautas. E para ela ainda não estava nada claro se os dois grupos estavam do mesmo lado. O fato de que Burton sabia da existência de Hipátia e mesmo assim acabou aceitando January como membro efetivo da Fraternidade lhe passava a impressão de que aquilo tudo era uma grande confusão provocada por um machismo absurdo.

— Ser oneironauta é uma vocação, não uma escolha — ela acabou respondendo. Era algo evasivo, mas não era nenhuma mentira.

A polonesa balançou a cabeça em negativa.

— É de fato uma vocação, mas havia opções. O Existir não é de uso exclusivo da Fraternidade. Todo ser humano tem o potencial de acessá-lo. Eu não sabia como até que me mostraram. E não estou sozinha.

Por outro lado, a própria Hipátia havia mencionado a existência de vários grupos de oneironautas com objetivos bem diferentes uns dos outros.

E isso tudo sem contar com o professor Moriarty, o Napoleão do Crime, conhecido inimigo de Sherlock Holmes, o maior detetive do mundo. January tivera a oportunidade de ler alguns dos contos de Conan Doyle na revista *The Strand*, mas também não imaginava que Watson e Holmes — e muito menos Moriarty — fossem reais.

— Saknussemm estava trabalhando com você o tempo todo, então.

— *Exactement*.

— E o que são vocês? Para quem vocês trabalham?

— Não trabalhamos para ninguém. Cada um de nós é uma célula independente. Ocasionalmente nos juntamos quando surge a necessidade. Como foi o caso com Saknussemm e eu.

— Como os anarquistas?

— Na verdade, preferimos nos chamar de anarcronistas. Faz mais sentido.

January franziu a testa.

— Um pouco extravagante demais, reconheço — disse Sklodowska.

— Na verdade, a palavra em que eu estava pensando era *infantil*.

Sklodowska deu de ombros.

— Não importa o que você pensa. O termo é suficientemente apropriado, bem como nossas intenções. Que são pacíficas, por sinal.

— Manipulando pessoas e eventos?

— Você quer dizer como a Fraternidade faz? Não, *ma cher*. — A expressão de Sklodowska estava muito séria agora. — Orientar pessoas. Ajudá-las a atingir todo o seu potencial. Como tenho feito com David desde que ele me procurou em Paris.

January se voltou para Jones.

— Então você estava sabendo de tudo isso.

— Estava. Mas não consigo me lembrar de nada. Marie me disse que eu precisaria ser treinado se quisesse relembrar meus sonhos.

— Suas realidades — Sklodowska o corrigiu.

Jones assentiu.

— Eu só queria — disse ele — poder ter sonhado estar aqui sem ter que viajar, como fiz antes. Por que isso não foi possível?

— Eu já disse que você estava realmente sonhando naquela época — disse Sklodowska, mas ele estava olhando para January, que aproveitou a deixa:

— Existem muitos tipos de sonhos... David — disse ela. — Pessoas normais costumam ter sonhos normais, cheios de imagens do inconsciente. De vez em quando, porém, você pode ter um sonho lúcido diferente, em que as coisas são mais concretas e coerentes. Mas apenas um oneironauta treinado pode acessar o Existir, e usá-lo como uma espécie de porta de entrada para diferentes realidades. Agora, por exemplo, acredito que isto aqui não é exatamente uma realidade, mas sim um sonho lúcido, feito para nos dar a ilusão de estar no centro da Terra. Ou talvez estejamos de fato nos subterrâneos, mas não prisioneiros de uma civilização oculta. Sabe, David, sonhos desse tipo podem ser usados para manipular pessoas. — E, voltando-se para Sklodowska: — É seu ou dele?

— Os Vril-Ya existem — a polonesa respondeu intrigada. — Saknussemm os contatou. — E, voltando-se para January: — Por que você diz que estamos dentro de um sonho lúcido?

— Porque desde o voo de Londres para cá tenho tido sonhos e saltos no tempo real. — E, ao perceber a expressão no rosto de Sklodowska: — Você também?

A polonesa não respondeu, mas se virou para Jones.

— Você me disse que teve pelo menos um sonho estranho, não, querido?

Jones parecia levemente desorientado. Sua testa começou a porejar, como se o calor ali dentro da casa do magistrado fosse muito grande. Ou como se estivesse febril, pensou January.

— Sim. Sonhei que estava morrendo. E que January... a srta. Jones tentava me salvar.

Mas não mencionou o beijo, pensou January.

— Mas isso é um absurdo — Jones continuou. — Não estamos sonhando.

— Estamos, sim — disse January. — Agora estou reconhecendo os sinais ao meu redor. As bordas difusas, meio borradas na minha visão, uma certa tontura e umas ausências... algo que poderíamos chamar de *saltos* ou *cortes*. São expressões relacionadas a um tal de cinematógrafo, algo que ainda não existe na nossa realidade, mas a essência da coisa é que às vezes você se move de um lugar para o outro sem saber bem como isso aconteceu. Você não percebeu isso?

Jones franziu o cenho.

— Parece que me lembro bem da nossa jornada. A parte aérea foi notavelmente boa para esta época do ano. O trem estava muito lento, receio.

— Mas a subida — disse Sklodowska lentamente, como se percebesse algo de repente. — Pensando bem, não consigo me lembrar dela.

Como tentei dizer a você lá atrás, pensou January.

— Não foi você?

— Não.

— Poderia ser você, David? Você sonhou tudo isso? Da mesma forma que você sonhou com seus encontros com aquele homem notável?

Ele balançou a cabeça com firmeza.

— De jeito nenhum — disse ele. — Como eu poderia fazer isso? Nem saberia por onde começar.

Mas você pode, mais que muitos de nós, ela pensou. Só que não teve tempo de responder. O coronel Dravot pigarreou.

— Permitam-me explicar — disse, apontando uma arma para eles. — Este sonho é meu.

Capítulo vinte e dois

Uma complicação na trama

"...nunca se deve esquecer, entretanto, que o Grande Jogo em si é tão perigoso quanto o Longo Jogo. Sonhos podem matar, mas facas e balas também funcionam muito bem."
Dos diários privados de
Sir Richard Francis Burton

January também não esperava por essa. E já estava positivamente zangada por aparecerem tantas coisas que ela não tinha como adivinhar.

— Não se preocupe, mocinha — disse ele. — Tudo está sob controle. Ela olhou nos olhos dele.

— *Senhorita Purcell*, se faz o favor. E o que faz você pensar isso, *Dravot*?

—Tal como você, eu também trabalho para um poder superior.

— Sim, o professor Moriarty. Você já disse. Em muitas das minhas outras realidades, ele não passa de um personagem de um livro. E você também.

— Perdão — Jones interrompeu. Apesar de parecer mais corado, ofegava um pouco, mas estava muito atento e interessado no que estava acontecendo. — Não sei se entendi. Vocês estão trabalhando para diferentes grupos de viajantes dos sonhos? *Vocês três?*

— Sim — January e Sklodowska responderam ao mesmo tempo. Dravot apenas assentiu, irritado. O dr. Jones não parecia impressionado, mas curioso.

— Então — ele disse, respirando fundo. — O que faremos agora?

— Bem, se isto é um sonho lúcido — respondeu January — deveríamos ser capazes de acordar a qualquer momento e nos encontrarmos de volta onde quer que estivéssemos. O trem? Ou o cume do vulcão?

— Talvez — disse Sklodowska. — Mas, como disse Dravot, o sonho é dele. Isso significa que só ele pode nos acordar. E não acho que ele pretenda fazer isso, pelo menos não por enquanto.

— Precisamente, srta. Sklodowska. Veja, meu mestre tinha tudo calculado com a maior precisão. O seu grupo de anarcronistas estabeleceu contato com os Vril-Ya, mas ele descobriu outra raça de seres que sabem usar o espaço dos sonhos, ainda que de forma limitada. Infelizmente, eles não são capazes de usar esse método para viajar entre as realidades, então pediram a ele para ajudá-los a vir para cá. E ele concordou.

— Por um preço, certamente — disse January.

— Claro, senhorita — acrescentou Dravot. — Posso não partilhar das mesmas intenções da srta. Sklodowska, mas concordo com ela no que tange à imbecilidade do voluntariado. O professor Moriarty deseja ser o supremo governante deste mundo.

Jones suspirou.

— Pelo que vejo — ele disse —, Moriarty é o homem que vendeu o mundo, afinal de contas.

Sklodowska balançou a cabeça ferozmente.

— Não se eu puder evitar. — E ela se virou para a porta, que imediatamente começou a brilhar e se dissolver. O Vril-Ya que entrou era uma mulher.

— Não precisam me dizer o que está acontecendo — disse ela. — Eu me chamo Asta e, assim como meu pai, pertenço ao Colégio dos Sábios. Achávamos que vocês todos pertencessem ao mesmo grupo e que soubessem que estão de fato no que chamam de *sonho lúcido*, para nós apenas uma extensão das nossas mentes superiores. Mas acabo de ler suas mentes e agora entendo o que se passa aqui. — E, voltando-se para Jones e Sklodowska: — Vocês dois, venham comigo. O Colégio convoca vocês para uma assembleia especial. O restante permanecerá aqui.

— O diabo que eu vou ficar aqui — disse Dravot, parecendo confuso. — Isto não estava previsto. Vamos acordar logo e acabar com essa palhaçada. — E estalou os dedos.

Nada aconteceu.

Ele repetiu o gesto. De novo. Outra vez.

— Isso não deveria estar acontecendo — disse ele.

— O que você e seu mestre Amigo dos Vril-Ya não sabem — disse Asta — é que nós da Raça Futura somos leitores de mentes, e também podemos influenciar seres inferiores. Durma agora.

E Dravot caiu, adormecido antes mesmo de seu corpo tocar o solo. De onde estava, January percebeu que ele estava respirando normalmente. Na verdade, seu semblante era o de um homem adormecido, sem nenhuma preocupação no mundo.

— Sem preocupação e sem sonhos — disse Asta, pondo a mão no ombro de Sklodowska. — Venham.

Jones e Sklodowska a seguiram até a porta. Eles passaram pela soleira e a porta de repente voltou ao normal. Com January presa dentro do prédio.

Só então ela deu por falta de Hans.

Lembrava que o guia havia entrado com eles naquela casa-prisão, mas depois não registrara mais sua presença. Olhou ao redor. O ambiente era espaçoso, mas não tão espaçoso que o enorme guia pudesse desaparecer ali dentro. Até que ela reparou numa escada mais ao fundo.

Tudo no prédio parecia ser esculpido na rocha, mas não era uma rocha qualquer, e sim um material semelhante ao alabastro, tão translúcido que January precisava ajustar o foco o tempo todo para não esbarrar em objetos ou tropeçar nos degraus. O interessante, ela observou, era que os degraus tinham o tamanho exato para humanos normais. Ela se perguntou se eles haviam recebido outros visitantes humanos no passado.

E por falar em visitantes...

A mão da Vril-Ya no ombro de Sklodowska. O mesmo gesto que a polonesa fizera em seu sonho no trem.

— Senhorita?

January levantou a cabeça. Hans estava esperando por ela no meio da escadaria.

— Sinto muito — disse ele —, mas decidi explorar um pouco por conta própria. Eu estava descendo quando ouvi a voz daquela mulher estranha.

— Hans, o senhor sabia da existência deles?

O guia balançou a cabeça.

— Não. Nunca ouvi sequer falar deles até hoje.

— E achou algo?

— Este prédio tem apenas três andares. A partir dele podemos pular para outros edifícios menores. Percebi que estão todos muito próximos uns dos outros.

Ela subiu.

— Outra coisa — disse Hans. — Se o que o magistrado chamou de Vril é o que eu estou pensando que é, podemos escapar rapidamente para a superfície.

— E o que é o Vril?

— Um rio — disse ele. — Um rio muito grande.

— Hansbach — disse January, lembrando que, pelo menos de acordo com o livro de Verne, o professor Lidenbrock e seu sobrinho Axel o batizaram em homenagem a Hans, porque foi ele quem o encontrou quando a água que levavam nos cantis acabou.

— Sim — ele disse baixinho, e January pensou ter detectado uma nota de tristeza. — Eu estava feliz então. Pensei que fosse uma coisa boa.

— E não foi?

Ele deu de ombros.

— Não era importante. Nunca significou nada na minha vida. Continuei meu trabalho como guia, me casei, tive filhos... É uma vida boa, srta. Purcell, não estou reclamando. Mas não era importante. Foi como um sonho, um sonho que você tem e depois esquece com o passar do tempo.

Assim como toda a nossa vida, pensou January. Ela estava feliz por poder viajar em sonhos e escapar da crueldade absoluta de uma única realidade, linear no tempo.

Mas isso não a ajudaria agora.

— É a primeira vez que venho aqui desde a expedição do professor Lidenbrock — disse ele. — Devo admitir que senti falta dessa emoção.

— Mas nem tanto assim, decerto — rebateu January com um sorriso cansado. Ele sorriu.

— Não, nem tanto assim.

Eles haviam chegado ao topo agora. Era um terraço com varanda e uma espécie de ponte, ligando o prédio a outra construção, um pequeno zigurate branco. Ela olhou em volta.

— O senhor também vê pontes nos prédios ao redor?

Hans semicerrou os olhos.

— Não.

Ela deu a volta na sacada. Não havia outra saída senão a ponte. January teve um pensamento muito perturbador envolvendo matadouros.

— O que acha, Hans?

O guia ponderou um pouco.

— Além da estranha porta de entrada lá embaixo, não consegui encontrar nenhuma outra porta que pudesse fechar e bloquear nosso caminho — disse ele. — Se não houver saída à nossa frente, podemos correr e tentar pular para algum outro prédio. Vai ser difícil, mas não impossível.

January não estava tão preocupada em ter que pular. Mas sabia que tinha que ir até o fim nessa história.

— Vamos então — disse.

Atravessaram a ponte com muito cuidado, olhando ao redor, mas o entorno estava vazio. Na verdade, toda a cidade parecia abandonada.

Durante os dois minutos que levaram para cruzar a ponte, porém, January estava mais preocupada com Dravot. A Vril-Ya conhecida como Asta o pusera para dormir, e isso de algum modo havia travado o mecanismo dos sonhos, fazendo com que todos os demais membros da expedição simplesmente não pudessem acordar. Nem mesmo ela.

January odiava perder o controle da situação. Mas era o que estava acontecendo. Agora ela não sabia como despertar. *Uma coisa de cada vez*, ela pensou, procurando não entrar em pânico.

De alguma forma, January esperava que o zigurate fosse maior por dentro. Na verdade, ele era bem menor, ostentando apenas um anfiteatro muito parecido com o Teatro de Dionísios Eleuthereus, em Atenas, que ela havia visitado com seus pais naquela mesma realidade quando tinha doze anos.

O anfiteatro estava lotado com outros Vril-Ya, todos muito parecidos entre si, quase como se fossem cópias. Eles estavam em completo silêncio, e isso era muito perturbador.

A atmosfera era sufocante. E ela nem tinha olhado para baixo ainda.

Lá embaixo, no palco semicircular em frente aos degraus do teatro, estava o magistrado, com Jones e Sklodowska. No centro do palco, um grande círculo prateado ondulava e faiscava, ferindo os olhos de January. Parecia uma piscina, mas aquilo não era água. Seria o tal de Vril?

Havia mais uma coisa no centro, na beira do círculo. Uma espécie de pedestal feito do mesmo material de tudo ali, equilibrando-se sobre três pernas tão finas que January pensou por um momento que a caixa de madeira em cima dela flutuava no ar.

A caixa de madeira do dr. Jones, que continha a célula de bigorna de diamante.

— Hoje comemoramos a realização de nosso sonho mais ardente — disse o magistrado com sua voz tonitruante. — O mesmo sonho que o poderoso Vril nos infundiu, permitindo-nos entrar em outros mundos através das passagens oníricas, é o sonho que agora nos permite encontrar este humano da superfície, com seu engenhoso aparato. Agora poderemos entrar em contato com nossos irmãos do outro lado do abismo do espaço, que nos ajudarão a tomar a Terra, como é nosso direito imemorial.

Jones e Sklodowska estavam logo atrás dele. Então o magistrado fez um gesto, e a polonesa avançou até a beira do círculo.

— Até hoje — ela disse, voz firme mas emocionada —, tínhamos os meios, mas não o poder. O Dispositivo é um sonho tornado realidade, mas também é o encontro entre nossos dois mundos. Por meio do Vril que a Raça Futura tão generosamente nos permitiu usar em conjunção com a caixa, poderemos canalizar toda a energia que precisamos para ajudar a tornar o mundo um lugar melhor.

Então foi a vez do dr. Jones falar. Ele parecia um pouco melhor, e em pleno controle de si mesmo. *Nem tanto*, January pensou. *Enquanto os Vril-Ya tiverem o controle do sonho de Dravot, eles podem fazer o que quiserem conosco.*

E ela não teria como consultar Burton nem Hipátia enquanto não saísse desse imbróglio.

Será mesmo?, ela se perguntou.

— Juntos — disse ele —, celebramos hoje um novo pacto. Um pacto que simboliza um novo mundo, a ser construído sobre as ruínas do antigo. Um mundo onde humanos, Vril-Ya e pessoas de outras esferas podem coexistir pacificamente e prosperar. E agora... — Ela apontou para a caixa, que Jones estava abrindo, e que revelou um enorme diamante, quase do tamanho de seu punho fechado. — ...podemos começar este novo mundo.

As ruínas do antigo?

Jones ativou o mecanismo. Um clarão ofuscante de luz inundou o anfiteatro.

— Merda — disse January.

Capítulo vinte e três

Os marcianos

"Há esperança suficiente, esperança infinita — mas não para nós."
Franz Kafka

Ninguém teria acreditado, nos últimos anos do século XIX, que este mundo estava sendo observado com atenção e de perto por inteligências superiores à do homem, e no entanto tão mortais quanto a dele; que, à medida que os homens davam conta de suas diversas preocupações, eles eram examinados e estudados, talvez quase tão minuciosamente como um homem com um microscópio examinaria as criaturas transitórias que enxameiam e se multiplicam numa gota de água. Com infinita complacência, os homens andavam de um lado para o outro neste globo, tratando de seus assuntos tão mesquinhos, serenos na certeza de seu império sobre a matéria. É possível que nematoides e platelmintos vistos ao microscópio façam o mesmo.

Ninguém pensou nos mundos mais antigos do espaço como fontes de perigo para os humanos, ou pensou neles apenas para rejeitar a ideia de vida neles como impossível ou improvável. É curioso recordar alguns dos hábitos mentais daqueles dias de outrora. No máximo, os homens terrestres imaginavam que poderia haver outros homens em Marte, talvez inferiores a eles e prontos para dar boas-vindas a uma empreitada missionária. No entanto, do outro lado do abismo do espaço, mentes que estão para as nossas mentes como as nossas estão para as das feras nas selvas ou nos zoológicos, intelectos vastos, frios e sem nenhuma simpatia, olhavam para este orbe com olhos invejosos e, aos poucos, com muita segurança, traçaram os seus planos contra nós.

Auxiliadas por outras mentes, estas que vivem nos subterrâneos do nosso planeta. Mentes tão inteligentes quanto as deles próprios, que ao longo de anos iniciaram uma longa e fraterna amizade por terem tantas coisas em comum.

A primeira era, claro, sua superioridade intelectual. A segunda era o destino trágico que ambas as raças tiveram muitos milhares de anos antes e as forçara a viver nos subterrâneos de seus respectivos mundos. No caso de Marte, os cataclismas vulcânicos criaram rios imensos, verdadeiros canais amazônicos de lava que hoje estão secos, mas que destruíram toda a fauna e flora daquele mundo para além de qualquer possibilidade de recuperação.

A Terra felizmente fora afortunada o suficiente para escapar desse grau de devastação, e as inteligências do planeta vermelho — as quais chamamos de marcianos, mas que chamam a si próprios por outros nomes, impensáveis e impronunciáveis — fizeram uma proposta aos Vril-Ya.

Exterminar o povo da superfície e abrir caminho para uma solução de duas raças.

Depois de alguma deliberação — mas não muita —, a Raça Futura aceitou a proposta. E planos começaram a ser feitos.

De forma que os marcianos viram o sinal em seus sonhos e fora deles também, pois o feixe de luz pura produzido pela caixa foi projetado para o céu como a lança comprida de um lanceiro imperial e alcançou a escuridão do espaço muito além da atmosfera da Terra. Ele brilhou sobre o planeta azul como um farol para marinheiros.

Ou conquistadores.

E foi então que, ao receber o sinal, os habitantes do planeta vermelho souberam que era chegada a hora de conquistar.

Capítulo vinte e quatro

Um ensinamento

"Existem muitos tipos de sonhos, mas os mais conhecidos são três: os sonhos verdadeiros (os únicos que as pessoas comuns podem ter, que são apenas manifestações de seu inconsciente), os sonhos oneironáuticos (que na verdade são projeções) e os sonhos lúcidos. Sonhos lúcidos são os mais interessantes, pois tanto os reles mortais quanto os oneironautas podem tê--los. A diferença é que os mortais não podem morrer neles; os oneironautas podem."

Livro das regras oníricas

January sabia o que eram sonhos lúcidos desde bem antes de conhecer Hipátia e começar seu treinamento de oneironauta. Aos oito anos, sonhou que estava perdida numa floresta. Era um bosque saído dos contos de fadas que sua mãe costumava lhe contar, com árvores imensas, cujas copas formavam um teto de folhas que mal deixava a luz do sol entrar. A atmosfera lúgubre metia muito medo em January.

Até que ela viu uma clareira toda iluminada mais adiante. E, na clareira, uma casa. January avançou, hipnotizada pelo brilho que a residência, na verdade mais uma cabana que uma casa propriamente dita, parecia emanar. Do lado de fora, um caldeirão enorme borbulhava com alguma coisa dentro, mas à distância January não conseguia divisar o que era.

Ela foi se aproximando bem devagar. Um episódio vivido quando ela era bem pequena fez com que ela tivesse medo de cachorros, medo esse que de algum modo reverberava no sonho. Mas não havia ninguém nas proximidades, nem cães, nem gatos, nem gente.

Só quando ela chegou perto da porta percebeu que casa era aquela. O brilho que ela parecia emanar vinha do reflexo provocado pelo sol na porta, janela e paredes, que tinham um aspecto úmido. Mas January já sabia que aquilo não tinha nada a ver com umidade: passou o dedo na janela marrom e lambeu.

Caramelo.

Ela estava diante da casa da bruxa da história de Hansel e Gretel..

Foi nesse momento que ela se deu conta de que aquilo era um sonho.

E também quando ela começou a ouvir a risada. Um som agudo, cortante, como o de unhas arranhando um vidro. Uma risada que January só poderia considerar como sendo maligna.

A bruxa estava chegando.

January deu a volta na casa e, de repente, lá estava a solução para seus problemas. Um imenso pé de feijão se estendia muito acima da copa das árvores, desaparecendo por entre nuvens que pareciam sólidas de tão densas, e ela sabia que isso era verdade, pois lá em cima morava um gigante que, se sentisse o cheiro dela, a comeria. Mas, com a lógica que só os sonhos mortais oferecem — pois mesmo um sonho lúcido tem sua lógica própria —, January começou a escalar o pé de feijão, do qual, ela percebia agora, brotavam pequenos ramos que serviam como degraus para ela apoiar pés e mãos.

E de repente January já estava no alto da planta, entre as nuvens tão densas que ela podia até mesmo andar sobre elas, e foi exatamente o que fez, sem nenhum medo, porque não era disso que ela tinha medo ali, apesar dos cães e dos canibais, e ela agora conseguia ver ao longe o castelo do gigante, com seus torreões e flâmulas vermelhas balançando ao vento, e era para lá mesmo que ela começava a se dirigir, até ouvir um urro poderoso e um grito:

— Quem vem lá? Sinto cheiro de gente!

E só então January sentiu medo de verdade, pois agora ela sabia perfeitamente que o gigante estava chegando, embora ela olhasse para todos os lados e nem sinal do homenzarrão, mas isso não importava porque ela entendia muito bem que ele estava perto e que, se ela não fugisse dali, morreria —

— e percebeu que só havia uma saída.

Ora, se ela estava dentro de um sonho, a solução era despertar. E ela precisava forçar esse despertar de algum modo.

Correu de volta para o pé de feijão, mas dessa vez não desceu por ele. Olhou para baixo e viu a terra bem distante.

E se jogou.

Acordou na mesma hora. Trêmula, coração disparado, January ficou um bom tempo deitada no escuro, as cobertas levantadas até o queixo que batia, incapaz de impedir as lágrimas. Ela sabia que nada daquilo era verdade, mas tinha sido tão real.

Anos depois, ao lembrar do sonho, ela o contou para Hipátia.

— Essa é uma vantagem do sonho lúcido — sua instrutora explicou. — A possibilidade de despertar quando você quiser.

— Mas eu demorei tanto para descobrir — January disse.

— Às vezes a curiosidade leva a melhor. Você queria porque queria ir até o fim, mas chegou um momento em que não era mais possível, e você tomou a única decisão sensata. Se não acordasse ali, o sonho continuaria até você ver o gigante e morrer de susto.

— Morrer? Eu poderia morrer de verdade?

— Isso não aconteceria. Você era muito jovem e saudável. Mas esse tipo de sonho já matou muita gente mais velha e de coração fraco.

Então January fez mais uma pergunta que a estava incomodando desde muito tempo antes:

— E os sonhos como oneironauta?

— Como eu já disse antes, eles não são exatamente sonhos, mas projeções. Quando você projeta sua consciência para outro corpo, não há como morrer, pois a consciência está ligada entre dois tempos diferentes de um jeito inextricável. Existe um nome para isso: cientistas do futuro chamam de *emaranhamento quântico*, mas não vou perder meu tempo explicando aquilo que não entendo. Basta saber que você não morre assim.

— E como um oneironauta pode morrer?

— Se o sonho for de outra pessoa. Nesse caso, sua consciência não está ancorada em nada, e se o oneironauta que estiver sonhando você for bastante experiente, poderá apagar sua consciência como quem apaga a chama de uma vela. Mas, claro — Hipátia emendou —, quem vai morrer é o corpo da época em que o sonho acontece. Suas outras contrapartes estarão protegidas.

De algum modo, isso não servia de consolo a January. A cada aula com Hipátia, ela se dava conta de que ser uma oneironauta era um negócio muito perigoso.

Capítulo vinte e cinco

Um professor

> Ó tempo linear! O tempo tão cruel!
> Que para dele fugir se deve sonhar!
> Mas ai de ti se esse sonho não bastar
> Pois não há inferno nem céu.
>
> Atribuído a Olavo Bilac (apócrifo)

— Rápido — disse January, voltando-se para o lugar de onde tinham vindo. — Precisamos sair daqui. — Seus olhos doíam muito com o clarão de luz, e ela não conseguia enxergar direito. Tentou alcançar Hans, mas não conseguia ver onde ele estava.

— A senhorita está bem, *Fröken* Purcell? — ele logo perguntou, mas algo em seu tom de voz não estava certo.

— Vou ficar bem num instante. O problema é que não temos um instante. Pode me ajudar?

— Receio que isso não seja possível — respondeu a voz. Então January percebeu o que estava errado.

Não era a voz de Hans. O tom era mais rouco, mais velho e muito amargo.

— Vejo que a senhorita ainda não me reconheceu — ele disse, acrescentando uma camada de irritação em sua voz. — Quando Dravot ficou incapacitado, optei pelo único curso de ação possível. Mas felizmente não precisei me expor até este instante.

— Moriarty — ela disse com a voz sufocada.

— Em carne e osso, ainda que não sejam os meus — ele disse, agarrando o braço dela de repente. — Embora eu me pergunte se a matéria de que são feitos os sonhos é mais leve, coisa que Shakespeare nunca nos disse. Mas certamente podemos descobrir, não podemos? — E tentou jogá-la por cima da mureta.

Ele era forte, mas January era mais; mesmo meio cega, ela podia ver onde estava o rosto dele. E consequentemente o resto do corpo.

— Você fala demais. — Ela apertou seus testículos.

Foi o suficiente para ele soltar o braço dela, com um palavrão impronunciável.

— Hans teria sido cavalheiro o bastante para poupar meus ouvidos — ela disse. — Eu devia mesmo ter percebido. O verdadeiro Hans, de acordo com Verne, era muito mais taciturno, quase não falava. A maturidade não o tornaria mais falante.

— Ah, as maravilhas da observação em retrospecto — disse Moriarty. — Isso não vai adiantar de mais nada, mocinha.

— Me disseram que você não era um oneironauta.

— E não sou. Esqueceu que está num sonho lúcido? Treinei Dravot durante anos para que dominasse a oneironáutica sem precisar passar pelos canalhas de Burton. Não sou um professor qualquer.

— Mas o senhor pode me responder uma pergunta, professor? — ela perguntou sem ironia.

— Evidentemente.

— O que o senhor vai ganhar com isso? A Terra vai ser invadida, a humanidade morta. Não vai sobrar ninguém.

Moriarty deu uma gargalhada.

— É claro que vai sobrar alguém, menina burra! Pensa que eu já não calculei tudo? Os marcianos passaram gerações enfurnados em cavernas subterrâneas. Só que, ao contrário dos Vril-Ya, eles são criaturas frágeis, que se locomovem com extrema dificuldade sem ajuda de veículos especiais... e que não têm proteção alguma contra os germes da Terra! Assim que eles pousarem, terão poucos dias para destruir as principais capitais do planeta e depois morrerão com vírus simples como o da gripe! Eu reinarei sobre o caos que se formará; já tenho tudo planejado.

January estava cansada e desorientada, não só por causa do clarão. Estar dentro de um sonho pode provocar isso. Sonhos dentro de sonhos: Hipátia havia lhe falado sobre isso, mas ela nunca vivenciara tal coisa até agora. Essa desorientação fez com que ela ficasse alguns minutos sem saber o que fazer, mas o discurso arrogante do Napoleão do Crime servira para que ela conseguisse descansar um pouco e pensar no próximo passo. E agora ela já sabia o que fazer para escapar.

Percebeu que a visão já estava voltando ao normal e ela já podia ver os prédios ao redor. Todos eram mais baixos, mas um deles quase correspondia à altura da mureta. Ela poderia pular com razoável certeza de sucesso. Como agora ela sabia que estava em um sonho lúcido, poderia tentar a abordagem consagrada pelo tempo para interromper esse tipo de sonho: mergulhar de cabeça no chão para poder acordar.

January já havia passado por essa situação muitas vezes na vida, mas desgraçadamente apenas em sonhos lúcidos dela própria. Já Jerry Pond — o que a irritava mais ainda —, havia feito isso inúmeras vezes durante seu treinamento de oneironauta, orientado por seu supervisor. Coisa que ela não fizera com Hipátia.

Se essa abordagem funcionasse, talvez January pudesse sair do sonho e despertar onde quer que estivessem dormindo — outra coisa que ela ainda não sabia e a enchia de desconforto e insegurança, algo que definitivamente ela não recebia bem — e quem sabe teria tempo de convencer Jones a mudar de lado.

Mas o que January sabia com certeza era que esse tipo de estratégia funcionava muito bem no sonho da própria pessoa, não no de outra. Então, no último instante, decidiu mudar de estratégia.

O salto foi quase perfeito, exceto por um pequeno erro de cálculo por causa de suas roupas (sempre elas). Ela teve que puxar bem a saia antes de pular, e o impacto ao bater no chão do prédio mais abaixo torceu seu tornozelo esquerdo. Mas ela não parou: correu mancando na direção da escada.

Felizmente o prédio estava vazio. Desceu ao térreo, que era amplo como o da outra casa, até encontrar o que procurava. Num canto, um semicírculo de divãs, estes de tamanho adequado para acomodar corpos maiores que os humanos comuns, parecia esperá-la.

Ela se deitou, respirou fundo e lutou para fechar os olhos. Moriarty provavelmente levaria menos de cinco minutos para descobrir onde ela estava, mas, se aquilo era realmente um sonho, ela só precisaria de alguns segundos para entrar na Casa. Se não podia acordar, tentaria falar com Burton mais uma vez.

Capítulo vinte e seis

Uma guerra

"Existem muitas abordagens para sonhar. Além dos três tipos de sonhos conhecidos, existem muitos níveis que o oneironauta mais experiente pode acessar — desde que tenha o treinamento necessário. O acesso à Ordem Superior é um desses níveis. Isso pode ser feito apenas de dentro da Casa e pode ser usado ocasionalmente como um meio de contornar os sonhos forçados ao oneironauta por outros. Esse acesso só pode ser liberado pela própria Ordem Superior, dependendo da situação."

Do *Livro das regras oníricas,*
edição revista e atualizada

A Casa estava em ruínas.
January ficou ali parada, no átrio, tentando compreender o que seus sentidos estavam lhe dizendo.

Primeiro, estava tudo muito escuro lá dentro. Era como se fosse noite, ou melhor, como se estivesse caindo uma tempestade do lado de fora e as luzes no interior não tivessem sido acesas.

Mas, claro, não existia *fora*. A Casa era uma projeção no Existir, criada pela Ordem Superior. A forma da Casa variava de acordo com a percepção dos observadores e a cultura da época na qual eles tivessem sido criados. A Casa de January era, em seu aspecto visual, uma projeção das casas com as quais ela estava familiarizada em sua época.

Aparentemente, porém, os eventos externos exerciam alguma influência em como a Casa era percebida. À medida que January avançava pelo corredor, os lambris de madeira chamuscados, o papel de parede cheio de fuligem descolando e enrolando em alguns trechos, e o pó de caliça no chão davam testemunho de uma casa que havia sido incendiada. January tinha uma vaga lembrança de bombardeios em Londres, mas não em seu próprio tempo.

Seria possível que os marcianos já tivessem chegado à Terra, e até mesmo a Casa estivesse sofrendo o impacto de sua invasão?

Seguiu em frente. O corredor estava muito escuro, mas January conseguia ver e sentir as portas de cada lado. As que não se encontravam trancadas estavam arrebentadas, e só havia mais escuridão do outro lado. Uma escuridão na qual January não ousava penetrar.

Quando chegou à escadaria que levava ao segundo andar, sentiu medo. Os degraus estavam destruídos em vários pontos, o que tornaria a subida muito complicada, se é que seria possível. January respirou fundo — ou se imaginou respirando, pois não era seu corpo físico que estava ali — e disse a si mesma que nada daquilo era real, nada daquilo poderia machucá-la.

Mas ela não tinha certeza disso.

Subiu o mais rápido que pôde, mas com cautela. A cada passo, a madeira rangia, e em dois pontos ela cedeu. January não queria saber se seus pés ali eram projeções, a sensação de queda iminente era bastante real para ela. E ali ela não queria cair.

O corredor do segundo andar estava na mesma situação do de baixo. January começou a entrar em pânico. E se não conseguisse pular para lugar nenhum, o que aconteceria? Teria de voltar ao centro da Terra? Ao sonho lúcido? E encontrar Moriarty esperando por ela?

Avançou. Se a Casa era infinita, January passaria a eternidade dentro dela procurando uma maldita porta aberta que fosse.

Não precisou. No fim do primeiro corredor ela viu uma porta que parecia brilhar com luz própria. De longe, January teve a impressão de que a porta se abria para o coração do sol, tamanho o brilho que a incomodava mas não cegava, certamente porque seus olhos não eram reais ali.

Ao se aproximar, entretanto, ela viu que aquilo não era bem uma porta, mas uma espécie de película, como um lençol muito fino que ondulava levemente, ou como um poço cuja geometria fosse bem diferente daquela do nosso universo, o que ali era a mais pura verdade.

Ela pensou no que Hipátia havia lhe contado a respeito dos Grandes Antigos e suas geometrias impossíveis, e estremeceu. Mas na verdade só havia um lugar para onde aquela porta insana poderia levá-la.

Em seu treinamento de oneironauta (infelizmente precário demais para o gosto de January), Hipátia lhe dissera que a Ordem Superior não era algo comum de se ver na vida cotidiana de um agente, muito pelo contrário; ela era mais um conceito abstrato, na verdade, mas uma abstração que era corporificada, concretizada de alguma forma, uma superestrutura que habitava o Existir e que possibilitava tudo o que os oneironautas faziam.

— Tudo é abstração para a mente humana — ela disse. — Nossos cérebros não conseguem assimilar algo que existe em todas as dimensões ao mesmo tempo.

— Mas nossas consciências também existem em todas as dimensões.

— Não. Elas coexistem numa pequena fatia do todo, que abrange o tempo e o espaço.

— E isso não é o todo?

Hipátia sorriu, mas o sorriso era triste.

— Minha menina, o tempo e o espaço não são mais que uma parte bem pequena do Existir.

— "Há mais coisas entre os céus e a terra, Horácio..."

— "...do que sonha a sua vã filosofia." Sim, eu também conheço o Bardo. Gosto muito de *Antônio e Cleópatra*, embora Shakespeare tenha errado quase tudo, porque a história real não tem nada a ver com o que está na peça.

January costumava ficar maravilhada com esses comentários aparentemente inocentes e sempre interrompia seu raciocínio para perguntar a Hipátia se alguma contraparte sua tinha participado desses grandes momentos históricos. Mas não daquela vez.

— Você já viu a Ordem Superior? Já foi convocada por eles em algum momento?

— Não que eu me lembre — Hipátia respondeu, com uma expressão estranha no rosto. — Mas pode ter acontecido. A Ordem Superior tem maneiras de alterar nossa memória. Dizem que quem os vê corteja a loucura. Mas não se preocupe... — E, então, a frase que ela nunca mais esqueceria: — ...se eles quiserem encontrá-la, você não terá escolha.

— Os deuses enlouquecem aqueles que desejam destruir — January citou o velho provérbio.

— Eles não são deuses, January.

Com o pensamento de volta à realidade da Casa, encarando a porta ininteligível, ela não sabia mais se concordava com isso.

Só havia uma coisa a fazer.

Tocou a película, e sua mão foi sugada para o frio que havia do outro lado. Sem se dar tempo sequer de respirar, January atravessou.

Seu corpo sentiu imediatamente o impacto do ar gelado, e sua pele se arrepiou toda. A sensação era real demais, mais do que num sonho lúcido ou do que no interior da Casa. Ao contrário do ambiente anterior, o que a cercava agora era iluminado, mas não com tanto brilho quanto a espécie de porta que ela atravessou. Ela estava sobre o que parecia uma passarela comprida, cercada por um teto abobadado que lembrava o interior de um dirigível. Um dirigível imenso, ainda maior que o *Pagão*.

Assim como na Casa, só havia um caminho a seguir: para frente. Ela começou a andar, mas seus passos não emitiam nenhum som, o que seria natural numa plataforma desse tipo, normalmente feita de madeira ou metal, mesmo que num espaço de sonho. Olhou para baixo e percebeu que o piso da passarela parecia úmido, e seus sapatos afundavam no material como se ele fosse feito de carne.

January sentiu como se estivesse dentro de um organismo vivo. Teve que se conter para não estremecer mais uma vez.

— Não tenha medo — disse uma voz feminina. — Você está dentro de mim. Nenhum mal acontecerá a você.

January abriu a boca para dizer que não estava com medo, mas não conseguiu falar. Não estava tremendo, mas não pôde evitar uma certa repulsa. Ela não deveria estar dentro de outra criatura. *O que era aquela criatura?*

— Do que você precisa, agente Purcell? — a voz perguntou.

January reuniu coragem para falar.

— Você é a Ordem Superior?

— Eu sou um dos aspectos do que vocês chamam de Ordem Superior.

— Preciso encontrar Sir Richard para pedir sua ajuda.

— No Clube Oneiros?

— Onde quer que ele esteja.

A voz se calou. January ficou esperando. Estava cada vez mais frio ali na passarela.

— Sua linha do tempo está sob ataque — disse a voz. — Isso não deveria estar acontecendo. Receio que você não possa ir para onde deseja.

Agora January estava indignada.

— Mas se não posso ir para onde desejo, por que você abriu esta porta para mim?

— O Existir também está sob ataque. Cabe a nós protegermos nossos agentes e cuidar para que percorram os espaços oníricos em segurança.

Não há nenhuma porta segura para os humanos neste momento, por isso a Casa está fechada por enquanto. A porta para mim é a única exceção, e só se abre quando necessário. Como neste caso.

— Obrigada por abrir uma exceção para mim. — Depois de alguns segundos, acrescentou: — E agora?

— Agora nós a levaremos para o mais próximo possível de seu objetivo. Siga em frente até a próxima porta.

January não perdeu tempo e começou a caminhar. Só então se deu conta de que não estava conseguindo ver o final da passarela. Continuou pelo que pareceram vários minutos. *O tempo passa aqui?*, ela se perguntou, quando os pés começaram a doer.

— O tempo como você o sente não existe aqui — a voz respondeu, como se lesse seu pensamento, o que January sabia ser a mais pura verdade. Ela se perguntou se algum dia se acostumaria com isso, e torceu para que a Ordem Superior (ou seu aspecto) não respondesse. Não houve resposta.

Ao seu redor, ela podia sentir formas se movendo, sombras de cores estranhas rodopiando nas paredes internas do dirigível (*Paredes de carne?*), mas evitou olhar para os lados. De repente percebeu que não estava mais no interior de uma aeronave, mas havia entrado em uma espécie de túnel, um túnel que parecia estreitar a cada passo que ela dava. Preferiu se concentrar nos passos. Tinha a sensação de que estaria segura enquanto continuasse andando.

Então finalmente viu outra porta. O brilho à distância era idêntico ao daquela pela qual entrara ali Ao chegar perto January percebeu que, além de ondular, a porta também pulsava. Quando tocou nela, sua mão a atravessou e ela sentiu calor do outro lado. Não era um calor abrasador, mas ainda assim era incômodo. Pensou na Casa incendiada.

Hesitou por um segundo, imaginando que a voz lhe diria para não ter medo. Mas só havia o silêncio.

Respirou fundo e atravessou o limiar.

Sob o que restava de uma porta sem casa, January Purcell olhou para as ruínas de Londres.

Os escombros sobre a calçada e as pedras da rua obstruíam parte de sua visão; o restante dela era prejudicado pela fumaça negra e sufocante que vinha de toda partes. A confusão trouxe à sua mente uma recordação até então oculta: o Grande Incêndio de 1666. A cidade havia sido então quase totalmente destruída pelas chamas, a tal ponto que foi preciso contratar os homens que ainda se lembravam do traçado anterior da cidade para ajudar a marcar os caminhos e restaurar as ruas ao seu estado original. Agora January se lembrava de que uma de suas contrapartes fizera parte daquele grupo.

Mas isso tinha sido muito tempo atrás. O presente, o *agora*, era 1888, e January Purcell estava sozinha nas ruínas de uma Londres devastada pelas máquinas de morte marcianas. Até onde ela podia ver, nem tudo ali estava destruído, mas era questão de tempo.

Tempo. Sempre essa maldita condição, ela pensou cansada. *E eu aqui tão sozinha.*

— Você não está sozinha, srta. Purcell — alguém gritou para ela do outro lado de uma grande pedra preta que, ela abismada se deu conta, costumava ser a cabeça de um dos enormes leões da Trafalgar Square. Ela parou e se virou para ver Burton caminhando em sua direção.

— O que está fazendo aqui, Sir Richard?

— Eu poderia lhe perguntar a mesma coisa, srta. Purcell — ele respondeu, carrancudo —, se a Ordem Superior já não tivesse me avisado de sua presença. Venha comigo. Temos alguns ajustes a fazer.

Capítulo vinte e sete

Um retorno

"As *Lendas* são acima de tudo registros de atividades. Originalmente concebidas como uma espécie de sistema contábil para acompanhar as movimentações dos sócios do clube (e todo sócio foi, é ou será um agente em algum momento de sua vida), elas depoisse tornaram algo um pouco mais sofisticado, funcionando também como registro geral de suas contrapartes. O Clube Oneiros tem volumes que compreendem as contrapartes de cada sócio por séculos. São o equivalente dos antigos portulanos, as cartas náuticas usadas por pilotos de navios na época das Grandes Navegações. Em caso de urgência, elas permitem uma localizaçao rápida do agente em questão por intermédio dos momentos mais importantes de sua vida. A definição do que significa um momento importante na vida dos agentes não cabe a eles; esta é uma atribuição da Ordem Superior."

De *Uma história do Clube Oneiros*

January estava de volta ao centro da Terra. Ela não queria pensar nisso. Mas a verdade era que Burton não precisara convencê-la. Ela procurou por sua ajuda, afinal; portanto, teve que ouvir seu conselho.

— Isto é um sonho? — foi a primeira coisa que ela perguntou ao retornar a Londres.

Burton fez uma cara levemente surpresa.

— Mas é claro que não! Ninguém explicou nada a você? — E, antes que ela pudesse responder, ele a puxou pelo braço.

January lhe deu um safanão.

— Posso caminhar sozinha.

— Então vai ter que correr para me acompanhar. E cuidado com as máquinas.

— Que máquinas?

— Aquelas. — Ele apontou para a sua esquerda, do outro lado da antiga praça.

Três veículos marcianos caminhavam por entre os escombros. Eram coisas grandes e desajeitadas, cilindros metálicos com tampas em cima e sustentados por três pernas muito longas, aproximadamente dez metros de altura segundo um cálculo apressado de January. Todas estavam apontadas para prédios à direita deles, e emitiam raios que derretiam as pedras das construções. January sentia o calor infernal de onde estava.

— Dê-se por satisfeita que esses demônios não estão soltando sua pior arma — Burton falou enquanto corria para uma trilha tortuosa no meio de mais escombros. — Uma fumaça que mata qualquer ser vivo que a respire. A esta altura, receio que já tenham erradicado metade de Londres com essa arma.

— O que podemos fazer para impedir que matem a outra metade?

— Este, srta. Purcell, é um jogo que se joga com informação. Vamos voltar ao Clube Oneiros.

Tiveram que andar por quase meia hora. Se January ainda tinha alguma dúvida a respeito de estar ou não dentro de um sonho, a exaustão, a sujeira e o suor acumulados ao fim da caminhada, sem contar a vontade terrível de urinar, deixaram bem claro que ela estava no mundo real.

Quando chegaram à entrada do Clube, January ficou impressionada ao ver que o prédio estava praticamente intocado, apesar de tudo ao redor ter sido afetado de uma forma ou de outra pelos raios de calor e pela fumaça mortífera. Ela e Burton tiveram de se desviar de vários cabriolés tombados com pessoas dentro, e cavalos caídos no meio de pilhas de estrume.

Burton não parou diante da porta de entrada. Apontou para uma entrada lateral abaixo do nível da rua, e desceram. A porta dava na adega do Clube, que ocupava toda a extensão do prédio. Burton acendeu os lampiões e January pôde ver várias mesas compridas, cheias de livros e mapas. Sobre uma mesa escura no centro do porão, havia um livro enorme aberto. Não diferia muito dos livros que o bibliotecário entregara a ela na Biblioteca Onírica.

— Esta... — Burton começou a folheá-lo. — ...é uma das nossas *Lendas*. É aqui que registramos as memórias das viagens de nossos membros através das Infinitas Realidades.

— Esse volume é a *Lenda* de quem?

— De seu amigo David Jones. Quando você o mencionou, eu já conhecia seu nome, embora não me lembrasse de onde. Vim até aqui e confirmei o que suspeitava: que ele se tornará sócio do Clube em mais alguns anos. Décadas, na verdade.

— Mas eu li a *Lenda* dele na Biblioteca.

— Não este volume.

— E o que ele tem de diferente?

— Veja você mesma.

Ela foi até onde ele estava e começou a folhear o volume. Burton tinha razão: o livro que ela consultara na Biblioteca Onírica continha tudo sobre David Robert Jones, também conhecido como David Bowie, nascido em 1947 e morto em 2016. Era uma biografia bastante abrangente, que contava inclusive a vida sexual do jovem que se tornaria um ídolo da música para milhões no mundo inteiro, algo tão difícil de vislumbrar para January quanto os Vril-Ya ou mesmo os marcianos que agora invadiam a Terra.

Já o volume que ela estava lendo naquele instante na adega do Clube Oneiros era uma espécie de mapeamento no tempo e no espaço de diversas vidas dele e de onde e como elas se cruzavam. Era quase como se a missão de January tivesse sido escrita num livro sem que ela soubesse, do começo até o fim que ainda não havia chegado.

Então ela leu o fim.

Seus olhos se encheram de lágrimas. Ela não procurou contê-las.

— Considere esse seu batismo de fogo — Burton disse baixinho, não sem uma certa compaixão.

— Preciso voltar — ela disse por fim. — Mas tem que ser no mundo real, e não no sonho de Dravot. É possível?

— Inteiramente possível. Venha, eu ajudo você.

Capítulo vinte e oito

Um outro retorno

"Se nossos sonhos nos transportam a nós mesmos em outros corpos, a definição de realidade precisa ser revista. Dentro de um panorama mais vasto que impérios e também mais lento, é preciso prestar atenção ao velho ditado romano: *cui bono?* Quem lucra? É quem sonha? Quem é sonhado? Ou quem manipula a superestrutura do Existir? Quem é a Ordem Superior, afinal?"

Manuscritos Anarcronistas

Foi uma volta complicada. Pelas orientações de Burton, primeiro ela deveria voltar pelo mesmo caminho da ida.

— Você veio para cá por inteiro, com seu próprio corpo, não só pela consciência. Então vai precisar voltar para lá da mesma maneira.

— Mas não entendo. Eu me deitei e comecei a sonhar lá. Eu não deveria estar aqui. Isto não é mesmo um sonho?

Burton balançou a cabeça com força enquanto se dirigia para a escadaria que dava para a rua.

— Não tente entender tudo, January. Você não vai conseguir.

O percurso foi feito com mais lentidão e uma considerável dose de cautela. Felizmente as máquinas marcianas estavam longe demais para sequer prestar atenção neles, mas mesmo assim eles seguiram o tempo todo se esgueirando entre ruínas.

— Que coisa horrível — ela disse ao ver o que restava da Trafalgar Square. — Como vamos derrotar esses marcianos?

— Existem várias possibilidades. Uma delas é a ação direta e efetiva de forças humanas, ou melhor, forças da Terra, embora não exatamente humanas. Presumo que conheça um livro chamado *A guerra dos mundos*?

January balançou a cabeça em negativa.

— Não me surpreende, já que ele só será publicado em 1897. Consulte a Biblioteca Onírica a respeito dos livros de H. G. Wells e Jules Verne. Eles contêm informações interessantes sobre coisas que estão por vir na nossa realidade.

— O senhor falou em várias possibilidades.

— Sim. Outra é evitar que este momento no tempo aconteça.

— Isso é possível?

— Para a Ordem Superior, tudo é possível. Embora nem sempre seja desejável.

— Eu estive com a Ordem Superior no caminho para cá.

Burton se virou e olhou para ela surpreso.

— Você viu o Aspecto?

— Foi como ela se apresentou para mim.

— Isso não costuma acontecer com neófitos. A senhorita deve ser muito importante para o Longo Jogo. A senhorita e Jones, aliás.

— Por falar nisso, o que eu faço com Jones?

— Ainda não sabe qual o seu papel nisso tudo?

— O senhor sabe?

— Seu papel é protegê-lo, January. Por tudo o que me disse, isso está bastante claro.

— Mas como? Não sei nem como sair de lá sozinha agora, porque é evidente que não me deixarão usar esse recurso novamente.

— Eu não teria tanta certeza. A senhorita me contou a respeito dos Vril-Ya. Certamente o livro *A raça futura* você leu, não? Ele foi publicado em 1871.

— Li quando criança. Não me lembro de praticamente nada.

— Temos alguns minutos. Vou refrescar a sua memória. A senhorita saberá então o que fazer quando chegar lá.

Agora ela havia retornado. Burton a levou de volta ao mesmo lugar em que ela havia aparecido, até a porta quebrada atrás da ruína fumegante que um dia fora a famosa praça londrina. Se tudo corresse bem, ela acessaria a Ordem Superior. Mas e a Casa? Ela poderia acessar o Existir fisicamente?

Não havia tempo para conjeturas. Abriu a porta.

E estava bem no meio da Cidade Branca.

Olhou para trás. Tinha acabado de passar por uma porta aberta que dava numa rua estreita. Olhou ao redor e não viu ninguém. Ouviu um murmúrio e, ao deixar a rua, viu o zigurate em chamas.

Era como uma fogueira, mas uma fogueira totalmente branca em uma coluna muito reta, que saía do zigurate por seu topo cortado e ia direto para o teto abobadado. Agora January estava ali de verdade, em seu corpo físico, não no sonho lúcido de Dravot, e portanto precisou desviar os olhos para que o brilho ofuscante não a cegasse.

Ela se dirigiu apressada para o grande edifício. Tinha que encontrar Jones e tirá-lo dali o mais rápido possível. Se conseguisse seguir o plano à risca, não precisaria se preocupar com os outros.

Quando se aproximou do zigurate, viu os Vril-Ya saindo de forma perfeitamente ordenada. Atrás deles, o magistrado.

— Ide, irmãos! — ele os exortava, erguendo seu cetro. — Para a superfície! Lá encontraremos nossos irmãos do planeta vermelho. Eles nos ajudarão a colocar a humanidade em seu devido lugar, servindo-nos!

January encontrou Jones encostado em uma parede, como se estivesse sendo consumido por algo. Ao seu lado, Sklodowska e Asta, imóveis, apenas observando.

— O que vocês anarcronistas — disse isso olhando para as duas — pretendem fazer com ele?

— Nossos desígnios não são para seu conhecimento, *humana* — disse a Vril-Ya, a voz pingando desprezo.

January olhou bem para a mulher da Raça Futura e franziu a testa.

— Não entendo seu preconceito — disse. — Você já foi humana antes. Certo, *Arne*?

A Vril-Ya fez uma careta medonha de nojo.

— Esse foi meu fardo quando eu era escrava da Ordem Superior. Não mais.

— Desista, oneironauta — Sklodowska disse. — Você não pode deter o inevitável.

— Nada é inevitável. — January agarrou Jones pelo braço.

— Mas o que está fazendo? — ele perguntou, assustado.

— Não posso explicar agora. Primeiro deixe que eu o leve para um lugar seguro.

— Receio que você não possa fazer isso — disse o magistrado. Com um gesto, ele fechou as portas na frente deles.

January olhou em volta. Estava cercada por Vril-Ya por todos os lados. Ela se virou e viu Sklodowska se aproximando.

— Não sei por que você tentou escapar — disse ela. — Você não conseguirá nada assim.

— Nossos irmãos do planeta vermelho já chegaram, e vamos nos encontrar com eles em breve — disse o magistrado. — Vocês ficarão aqui. Fazemos isso para garantir sua segurança, não porque lhes desejamos algum mal.

— Ele fala a verdade — disse Sklodowska.

— E você? — January retrucou.

— Como assim?

— O que tem feito com David todo esse tempo?

— Como já disse antes, estou aqui para ajudá-lo.

— Ministrando-lhe veneno?

— O que está acontecendo aqui? — Jones estava perplexo.

— Você está se sentindo cada vez mais exausto, não é? Eu tenho notado isso.

— Sim, mas sempre tive uma constituição bastante delicada. Meu coração é mais frágil do que eu gostaria. Tomo uma medicação adequada há anos. Marie... a srta. Sklodowska não tem nada a ver com isso.

— Mas ela tem flertado com você recentemente. Ouso dizer que seus encontros acontecem desde Paris, não?

Sklodowska riu.

— Pierre Curie era um cientista medíocre... e como amante não era muito melhor. David é um homem fenomenal em todos os sentidos.

— Francamente, Marie, agora não é hora — Jones disse, envergonhado.

— E os seus sonhos? Você tem tido sonhos cada vez mais vívidos ultimamente, certo?

— Sim. Acho que já lhe disse isso.

— Isso faz parte das características de um oneironauta.

— Como assim? Está me dizendo que sou um de vocês?

— Cada um de nós neste planeta pode navegar pelo mundo dos sonhos, meu caro, não importa a raça — interrompeu o magistrado. — Mas apenas a Raça Futura tem a capacidade de moldá-los e se comunicar com outras esferas além desta.

Não era verdade, mas January não iria revelar segredos da Fraternidade (ou da Sororidade) para ele.

— Vocês sonharam com os marcianos? — January resolveu perguntar.

— Já faz muito tempo.

— Mas é verdade? — Jones perguntou. Ele parecia tonto. — Vida em Marte?

— Sentimos outras inteligências, além da humana, ao nosso redor no éter, mas não tínhamos certeza de onde elas habitavam — continuou o magistrado. — Então, um dia, descobrimos que o Vril, cuja forma original vocês podem ver neste poço, ampliava nossa capacidade também pelos abismos do espaço. E nós viemos a conhecer os marcianos, como você os chamam, ainda que eles tenham outro nome para si mesmos, um nome que, como o nosso, é muito difícil para meros humanos pronunciarem.

— E o que aconteceu? — perguntou January.

— Eles precisam encontrar um novo lar, pois o deles foi devastado séculos atrás. Eles moram em galerias subterrâneas como nós, mas a opção de viver na superfície lhes foi roubada com a completa destruição de seus habitats.

— Então, vocês se aliaram a eles e os convidaram para vir — disse Jones.

— Está correto.

— Uma coisa que não entendo — disse Jones. — O que Moriarty tem a ver com esse esquema?

— Elementar, meu caro — disse o magistrado, fazendo January estremecer. — Foi ele que, como posso dizer de uma forma que vocês entendam, "conectou os pontos". Ele nos abordou há alguns meses tentando fechar um acordo conosco, mas temo que seu preço tenha sido muito alto.

— Dominação mundial — disse January.

— Exatamente — disse o magistrado. — Com ele mesmo sentado no trono como Governante Supremo. Achamos isso muito inadequado, pois os Vril-Ya são a favor de um governo igualitário. Não há lugar para ditadores em nosso novo mundo. Muito menos ditadores humanos.

— E Dravot? — January perguntou, lembrando-se de que não estava mais no sonho do coronel. — O que é feito dele?

— Não se preocupem. Ele está detido e sob vigilância. Bem como o guia Hans. Eles não irão mais interferir.

— E então vocês agora irão se encontrar com os marcianos.

— Que já estão preparando a superfície para nós.

— Erradicando a humanidade. — January olhou para Sklodowska. — Os anarcronistas estão de acordo com isso?

Sklodowska estava pálida. Ao seu lado, Asta lhe apertava o ombro carinhosamente.

— Temos um acordo — disse a mulher.

— Mas que tipo de acordo é esse se cada um de vocês é uma célula independente?

— Ocasionalmente as células podem se reunir e crescer juntas — foi a resposta da polonesa. — E assim são imbatíveis.

— Isso tem um nome. Chama-se câncer.

— Chega — disse Asta, que um dia havia sido Arne Saknussemm. — Agora é tarde demais.

January balançou a cabeça em negativa.

— Não é, não. — E, puxando Jones pela mão, se jogou no poço de Vril.

Capítulo vinte e nove

Um mergulho

"Uma coisa que nenhum oneironauta aprende por intermédio da Fraternidade é que, assim como existem muitas Casas, uma para cada agente, também existem muitos outros sistemas simbólicos de viajar pelos sonhos. Os xamas inuítes e os aborígenes australianos conhecem alguns deles. A propósito, quando o Ungido fala de muitas moradas na casa de seu pai, não deveria ser nenhum absurdo questionar se por acaso ele não teria sido um de nós, o que inclusive daria mais sentido à ideia de ter partido deste mundo de corpo presente. A maioria das pessoas, entretanto, considera esse pensamento algo um tanto herético."

Dos diários privados de
Sir Richard Francis Burton

O líquido estava frio. E também estranhamente confortável. Com o impacto, January fechou os olhos por instinto, mas os abriu logo em seguida. E o que viu era inacreditável.

Eles não estavam imersos em água. Flutuavam em algum tipo de âmbar.

A coisa mais surpreendente que January viu foi Jones. Não, David: ela teria que se acostumar com a mudança de nome dele, mas agora ele realmente parecia uma pessoa completamente diferente. Seu cabelo loiro agora parecia mais vermelho no âmbar, suas bochechas mais cheias.

E ele estava respirando.

E falando.

— Onde estamos agora? — perguntou. — Estamos sonhando?

Ela percebeu que também estava respirando.

— Parece ser a única explicação racional — disse ela. — Mas não sei dizer. Não sabemos que tipo de substância é o Vril.

— Consegue ver se estão vindo atrás de nós?

Ela olhou para cima.

— Não vejo nada.

— Então talvez estejamos mesmo sonhando. Eles são muito poderosos com suas mentes. Suponho que o magistrado já teria nos tirado do poço apenas com o poder de sua mente.

— Enfim alguém com inteligência suficiente para entender o que está acontecendo — disse uma voz atrás deles.

Eles se viraram e viram Burton.

Não estavam mais presos em âmbar. January reconheceu o local imediatamente: eles estavam na Ordem Superior. Seus arredores eram muito mais espaçosos do que antes: em vez da passarela incrivelmente comprida, eles estavam em uma plataforma sobre um vazio multicolorido e rodopiante.

— Edgar Allan Poe e Chuang Tzu definiram com razoável grau de certeza a situação em que nos encontramos agora — continuou.

— Um sonho dentro de um sonho — David disse.

Burton fez cara de aprovação.

— Pode ser — disse. — A verdade, como sempre, é mais simples, embora mais difícil de explicar. Não estamos exatamente dentro dos sonhos, mas navegando ao redor deles, conectando realidades e deslizando por elas. Ainda bem que conseguimos monitorar vocês. O Vril é muito interessante como, digamos, um lubrificante para penetrar na membrana mucosa do espaço-tempo.

— Toda essa mecânica do sonho é fascinante — disse David. January viu que seu olho ruim parecia brilhar com o reflexo prateado do redemoinho abaixo deles. — Se bem entendi, os sonhos não são ilusões, mas portas para outras realidades, é isso?

— Alguns, sim.

— E todos nós podemos aprender a abrir essas portas.

— Alguns de nós.

— Eu também?

— Já faz isso há um bom tempo, na verdade — disse January.

— Mas você me disse... — David se virou para ela. — ...que você é capaz de se lembrar de suas outras encarnações, por assim dizer. Aliás, tenho tido sonhos constantes nos mesmos cenários, que podem fazer parte da mesma realidade, mas, fora isso, parecem sonhos como quaisquer outros. Não sinto nenhuma diferença.

Burton assentiu.

— Quando meu papel no Longo Jogo começou, pensei praticamente o mesmo que o senhor. O senhor acabou de começar seu treinamento. Normalmente, teria tempo suficiente para estudar em paz e sossego antes de fazer seus primeiros saltos. Receio, no entanto, que estes não sejam tempos comuns. Venha comigo.

Ele se virou e caminhou alguns passos até outra porta, idêntica às que January tinha cruzado quando estivera lá da outra vez. Burton passou pela película aquosa brilhante e eles seguiram seu exemplo.

As ruínas agora eram maiores. À distância, eles observaram os veículos marcianos lançando seus raios de calor sobre os destroços de Londres.

— Meu Deus! — David disse. — Que monstros assustadores são esses? — Mas ele parecia mais intrigado (*e animado*, pensou January) que com medo.

— Marcianos — respondeu Burton. — Eles, de fato, destruíram mais do que deveriam. Mas no final eles serão derrotados pelo mesmo inimigo invisível que os destruiu da última vez. E o fim não tardará a chegar.

— A última vez?

— Parte disso já aconteceu antes — explicou Burton. — Pelo menos uma vez, como Wells descreveu. Mas em outra realidade.

— O que na realidade da minha contraparte é apenas ficção — disse ela.

— Sim. Esta é uma espécie de para-realidade, onde muitas das histórias que consideramos ficção realmente aconteceram. Não é incomum, na verdade. Vocês deveriam ter visitado uma livraria aqui. Eles têm os livros mais estranhos.

— Não tenho certeza se quero passar mais tempo aqui — disse ela.

— Mas este corpo — David disse, corando assim que as palavras saíram de sua boca —, quero dizer, seu eu físico, ele pertence a esta realidade, certo? Então como você pode…?

— Como posso não estar mais aqui, você pergunta? Não posso, David. Eu ainda estarei aqui, sempre. Mas parte da minha consciência pode ser projetada de volta para onde comecei minha jornada, e "este corpo", como você tão apropriadamente colocou, não é o ponto de partida.

— Que é….?

— Outro tempo, em nosso futuro. Somos amigos lá também.

— Na verdade, é exatamente para lá que precisamos enviar vocês — disse Burton.

Capítulo trinta

Um treinamento

"O tempo corre de forma diferente em cada realidade. Porém, toda vez que um oneironauta salta entre realidades, ele cria uma espécie de ponte por um tempo, estabelecendo assim uma correspondência biunívoca. Isso geralmente torna a viagem mais fácil e menos confusa entre as realidades."

Livro das regras oníricas,
edição revista e atualizada

Lá fora fazia calor, mas ela estava acostumada. Mesmo assim, era preferível ficar no interior da caverna, porque o frescor restaurava suas energias e a deixava mais alerta.

Desceu os degraus que a levariam ao Salão dos Reis Marcianos. A gigantesca caverna não tinha esse nome por causa de nenhum rei, na verdade; era uma maneira carinhosa pela qual sua raça se referia a um passado glorioso. A caverna teria sido digna de abrigar a sala de um trono real.

Mas não havia mais reis em Marte.

Na verdade, quase não havia mais marcianos.

De todas as raças variadas que compunham a riqueza e a exuberância do planeta vermelho tantos séculos atrás, não restavam mais que duas. A dela própria, guerreira de pele avermelhada que ia na direção de seu destino no coração do subterrâneo, e a raça das Aranhas.

Esse também não era o nome verdadeiro delas. Não só a língua delas era completamente diferente de tudo o que a guerreira já ouvira na vida — em todas as suas vidas, até onde ela conseguia se lembrar — como a própria palavra *aranha* pertence a outro mundo. Era somente quando a guerreira Jhuvia sonhava e se lembrava de sua vida futura como a terráquea January que ela conseguia projetar em sua mente a imagem do artrópode do planeta azul. Fascinante, como praticamente tudo o que vinha daquele mundo.

Quando ela finalmente chegou ao Salão, foi brindada com a paz que emanava do pequeno lago no centro da caverna. O brilho fosforescente azulado deixava sua pele ligeiramente roxa; ela achava isso estranhamente tranquilizador. O que de certa forma era bem-vindo, porque ela precisava de um pouco de tranquilidade antes da batalha.

Ela se deteve por alguns instantes na beira do lago e ergueu sua arma e seu escudo. A espada era curta mas larga, e servia tanto para perfurar quanto para cortar. O escudo era pequeno mas resistente aos raios de calor das Aranhas. Ambos eram pesados, mas ela estava acostumada; seus braços eram musculosos. Ela não tinha espelho ali para se admirar, mas não precisava. Jhuvia sabia que era bela e não precisava que ninguém lhe dissesse isso, nem mesmo um pedaço de vidro.

A poucos metros de distância, seu parceiro nessa empreitada aguardava, sentado numa rocha de costas para ela. Ele parecia olhar para a parede mais próxima, distraído. Ou talvez estivesse meditando sobre os últimos dias. Muita coisa havia acontecido, e só agora o Homem das Estrelas estava finalmente começando a assimilar tudo.

O tempo entre contrapartes não se passa sempre da mesma forma. Pode haver um descompasso entre realidades. Por exemplo, uma semana passada na Terra de 1888 poderia equivaler a um dia marciano, e isso não tem nada a ver com as diferenças de rotação ou a translação entre os mundos. Porém, à medida que os saltos de consciência entre duas realidades vão se tornando frequentes — o que é muito comum no exercício de uma missão da Fraternidade — a passagem do tempo de uma vai sincronizando com a outra, até que o tempo decorrido nas duas passa a ser praticamente idêntico.

Essa foi uma das primeiras lições que Burton ministrou a Jones.

Foi um treino bastante intenso e concentrado. January não se lembrava de ter passado por isso antes, nem como Jules Petit nem como Jerry Pond (e os *Swinging Sixties* foram um período bastante atribulado para os oneironautas). O espaço do Clube Oneiros estava tão isolado quanto possível pela Ordem Superior, o que provavelmente lhes daria o tempo necessário para se prepararem de acordo. Mas Burton não confiava totalmente na Ordem.

— Precisamos agir como se não tivéssemos tempo — ele disse a January e David no começo dos trabalhos. — O treinamento será duro e sem intervalos para descanso.

— David não está muito bem. Em algum momento ele vai precisar dormir.

— Vocês podem dormir quando estiverem mortos. O que, aliás, é o que vai acontecer se baixarem a guarda por um só instante.

Isso fez January se lembrar de outra coisa. Ela chamou Burton a um canto para falar com ele sem que o outro escutasse.

— Não estou conseguindo acessar Pond — ela disse.

— É normal. Ele ainda está no hospital, sob efeito de sedativos.

— Sim, mas estou preocupada. Acho que Moriarty pode tentar alguma coisa. — E contou a Burton sobre a presença sombria que sentira na Casa dias atrás.

— Sim, é provável. Não devemos deixar nada ao acaso. Jones é uma peça importante para a Ordem Superior. E como você o protege em várias realidades, precisamos cuidar para que você também fique em segurança. Mais uma razão para avançarmos com rapidez no treinamento dele, aqui e em Marte.

Começaram com meditação e sonhos lúcidos, ainda no reino da imaginação. Em seguida, David pôde mergulhar os pés no oceano da memória, e January começou a conduzi-lo para suas próprias de lembranças de outras vidas, em outras realidades.

— Ainda tenho um certo problema com a sincronização — ele disse a ela na noite do primeiro dia.

— O que está sentindo?

— Um pouco de dor de cabeça e visão dupla. Como se eu estivesse embriagado. Lembro-me de me sentir assim uma vez em Paris com... — Ele parou e suspirou. — ...você sabe quem. Eu e ela bebemos absinto no Le Chat Noir com Debussy e Toulouse-Lautrec. Foi uma experiência bela, porém devastadora.

— É assim mesmo. Demora um tempo para se adaptar.

— Mas nós temos esse tempo? — ele perguntou. Jones parecia genuinamente aflito.

— O tempo corre de forma diferente entre as realidades — disse ela. — Como você não sincronizou com sua contraparte de 1968, essa diferença de tempo permite um pouco de descanso. Estamos ensinando o básico o mais rápido possível.

— Mas será suficiente?

— É melhor que seja.

Naquela noite, Jones sonhou com seu eu futuro. Não o dr. Robert Jones, mas o jovem Davey Jones, correndo nas ruas de Londres.

Ele estava a caminho do estúdio para gravar algumas músicas. Não deveria se atrasar — ele pagou pelo aluguel do estúdio junto de alguns amigos. Eles queriam ser famosos. *Ele* queria ser famoso. Era algo que desejou a sua vida inteira. Davey Jones tinha vinte e um anos na *Swinging London* e achava que estava ficando velho demais para ser um grande astro.

Mas agora um querido amigo estava lutando por sua vida.

Ele não tinha muitos amigos. De alguma forma, Davey Jones sabia que sempre seria um homem solitário. Então, valorizava os poucos bons amigos que tinha.

Recebera a notícia duas horas antes. Seu amigo fora baleado e estava passando por uma cirurgia delicada. Ele era apenas um rapaz pobre e teve que pegar um trem em Bromley, mas chegou à Victoria Station e agora corria as poucas centenas de metros entre a estação e o hospital.

Ele conhecera Jerry Pond numa festa. Foi amizade à primeira vista. Pond era um pouco mais velho que Davey, um homem interessante, uma mistura de suave e rude, algo entre Sean Connery e Alain Delon, se tal mistura fosse possível. Tudo o que Davey sabia era que ele aquele homem o impressionava demais. Ele estava começando suas primeiras experiências com drogas e sexo. No começo, ele *não* *t*eve coragem de confessar seus sentimentos, mas de algum modo sabia que aceitaria se o outro o convidasse. O que acabou acontecendo.

Mas as coisas não foram tão tranquilas quanto Davey desejava. Ele descobriu que Pond era uma espécie de agente secreto e, embora isso o excitasse, também o assustava terrivelmente. *Não tinha certeza se queria se misturar com alguém envolvido em morte e caos, por assim dizer.*

Às vezes, porém, as coisas envolvem você do mesmo jeito.

Seu primeiro sonho lúcido com esse homem fora algo de outro mundo. Eles se conheceram em uma cidade fantástica que fez Davey pensar nos livros de Fritz Leiber. Ele havia lido algumas histórias de Fafhrd e do Gray Mouser e, para ele, a cidade antiga, com suas torres douradas e ruas de paralelepípedos, lembrava Lankhmar.

— Não é bem assim — disse Pond. Davey olhou para o outro e viu que ele vestia uma camisa vermelha desbotada e puída, com calças que deviam ter sido brancas um dia, mas que estavam cinzentas de tanta sujeira. Olhou para baixo e percebeu que não estava trajado de maneira muito diferente.

— Pelo menos não estamos vestidos como pagãos — Davey deixou escapar, mas não tinha ideia do motivo pelo qual acabara de dizer aquelas palavras.

— Que interessante. — Pond parou e olhou o outro nos olhos. — Você é um espontâneo?

— Espontâneo? Em quê?

— Você já experimentou este tipo de sonho antes? — ele perguntou.

Davey ponderou.

— Algumas vezes na minha adolescência, sim. Eu costumava sonhar com o Oriente Médio e o Extremo Oriente, geralmente na época vitoriana. A propósito, eu era um cavalheiro bastante elegante... e uma vez me lembro de ter sonhado com outro planeta. Eu me lembro de ter sonhado com você uma vez também, mas você era uma mulher — ele disse, meio envergonhado.

Pond não riu.

— Não me lembro disso — disse ele —, mas esse evento pode estar no meu futuro ainda. Talvez eu tenha que apresentá-lo a um amigo meu, mas não agora. Por favor, acorde.

Davey Jones acordou ofegante.

No dia seguinte, o dr. Jones visitou a Casa com January.

Era uma Casa interessante. Não exatamente dela, provavelmente não exatamente dele também. Era um lugar limpo e bem iluminado, com amplos corredores e um número impressionante de enormes portas brancas. Isso a lembrou de um palácio na Suíça que ela visitou uma vez com seus pais em outra realidade.

— O que é tudo isso? — Jones perguntou, ainda parecendo surpreso. Mal conseguia reprimir um sorriso.

— É assim que entramos em outras realidades — explicou January. — Um sistema simbólico que todo viajante no mundo dos sonhos utiliza. Precisamos de imagens concretas para ancorar nossos pensamentos e evitar a deriva.

— Deriva para onde?

Ela fez um gesto vago.

— Tudo em volta. Através das realidades. Isso costumava acontecer muito nos primeiros dias da Fraternidade. Mas, desde que a Casa foi construída, essas ocorrências se tornaram muito raras.

— E a cada porta corresponde uma realidade?

— Acertou.

— E eu posso acessar qualquer pessoa que eu escolher?

— Não depende de você. A Ordem Superior tem seu próprio conjunto de critérios; eles disponibilizam apenas a porta pela qual você é necessário em um determinado momento. As demais permanecem trancadas.

— E eu serei capaz de vir aqui por conta própria?

— Desde que você conheça o caminho, sim. Não por ora; esta Casa aqui é apenas um simulacro. Mas eu estarei com você em nossas próximas incursões. Você precisa se aclimatar, conhecer o terreno, por assim dizer.

Quando acordaram, Burton os esperava. Ele estava sentado em uma cadeira, calmamente fumando seu cachimbo. David estava fora de si de tanta alegria.

— Isso é tudo que eu quero fazer agora! Quantas mudanças numa só vida! — disse ele, radiante. — Deus, eu me sinto jovem de novo!

Burton não sorriu.

— Mais devagar, Jones. Viajar em sonhos não é muito diferente de beber ou usar ópio: dá uma sensação de embriaguez, mas haverá um preço a pagar mais tarde.

— Imagino que o preço seja alto, mas suspeito que, se eu não pudesse pagar, vocês não teriam me trazido aqui.

— É verdade — disse January. — Mas você precisa do treinamento mesmo assim.

— Por falar nisso — disse Burton —, agora vou ensiná-lo a preparar sua mente para o salto, a fim de não desmoronar sob o peso de suas outras contrapartes. Depois faremos eu e você mais uma visita à Casa. E amanhã... — Ele olhou para January. — ...ela vai conduzir você num salto mais distante.

Isso havia sido ontem, em termos de contagem terrestre do tempo. Hoje ela estava em Marte, e era uma guerreira da raça vermelha, encarregada de proteger o defensor de seu planeta, o Homem das Estrelas.

Que acabava de perceber a sua presença ali, e se virou lentamente para ela.

— Já está na hora? — ele perguntou.

— Ainda não. Respire.

— Vai dar certo?

— É por isso que estamos aqui.

— Não quero ser responsável por um genocídio.

— Estamos aqui para impedir uma invasão.

— Mas ela já aconteceu. A Terra está sendo destruída.

Jhuvia balançou a cabeça.

— Você ainda está pensando em termos lineares. Nossas contrapartes aqui estão em outro tempo. Neste momento, a Terra está no ano de 1832 e a invasão ainda está mais de cinquenta anos no futuro. Nossa missão é criar as condições para que ela não ocorra.

— Exterminando as Aranhas?

— Fazendo o que for necessário para que elas não consigam entrar em contato com os Vril-Ya.

— E Moriarty? Foi ele quem instigou a invasão, afinal.

— Ele não é um problema agora.

O Homem das Estrelas concordou com a cabeça, mas Jhuvia podia ver a dúvida em seus olhos tão diferentes.

Ela o entendia bem. Apesar de ser uma guerreira em seu mundo, ela ainda estava um pouco perplexa com o que havia acontecido nas últimas semanas. Ou melhor, anos, se ela levasse em conta seus primeiros sonhos com January Purcell, a moça da Terra.

No começo, eram sonhos estranhos, mas divertidos, sem nenhuma importância ou consequência. Depois, no entanto, eles foram ficando mais estranhos, quase como uma espécie de treinamento. Até o dia em que a Instrutora apareceu num dos sonhos.

Era uma fêmea alta, semelhante a uma orovar, ou marciana branca, e envolta em panos brancos que deixavam entrever seu corpo.

— Salve, Jhuvia, donzela guerreira de Barsoom — disse ela. — Venho com uma missão para você e seu povo.

Seu nome era Hipátia, e ela lhe mostrou todo um outro mundo que existia nos sonhos. Não que isso fosse uma novidade para Jhuvia, pois os sacerdotes de seu povo sempre ensinaram que os sonhos eram portas para outras realidades. Mas ela sempre pensara que isso era uma figura de linguagem. E agora percebia que era tudo verdade.

Da primeira vez, Hipátia foi breve, mas prometeu que voltaria quando Jhuvia estivesse pronta. Levou cinco anos.

O ano marciano tem 687 dias.

Poucas semanas atrás, Jhuvia sonhou novamente com January. A mocinha estava maior, e estava dentro de uma caverna, não muito diferente daquela onde ela e o Homem das Estrelas estavam. Seria esse o motivo para o novo sonho? Ambientes semelhantes?

Foi aí que Hipátia também voltou.

— Chegou a hora, Jhuvia — ela disse à guerreira.

— Eu sei. Estamos esperando as Aranhas chegarem.

— Não é só isso. Outra pessoa está chegando.

— Quem?

— Um viajante das estrelas. Você deve encontrá-lo e trazê-lo para cá. Ele ajudará vocês na batalha final.

— Então é isso? É a batalha final que vem chegando?

— Sim. Ela será lutada em várias frentes. O Homem das Estrelas estará na sua frente de batalha.

Três dias mais tarde, Jhuvia fez como Hipátia orientou e cavalgou seu *thoat* até o sopé do Monte Jeddak, o mais alto do planeta. Ali, ela montou acampamento e esperou até anoitecer. Durante a madrugada, um som fino e distante cortou o silêncio do deserto marciano e fez com que ela levantasse a cabeça para ver um meteoro riscando o céu.

Só que não era um meteoro.

O objeto que Jhuvia não conseguiu identificar caiu a poucos *haads* de distância. Ela foi até lá a pé mesmo, e o que encontrou foi uma coisa surpreendente. Um objeto metálico de formato oval estava semienterrado no solo arenoso. A poeira levantada pela queda ainda flutuava ao redor, obscurecendo o ar.

No instante em que Jhuvia chegou à distância de um braço do objeto, ele se dissolveu na sua frente. E dentro dele havia um homem nu e inconsciente.

Ela o examinou. Ele era mais branco que Hipátia, e tinha os cabelos bem vermelhos. O rosto era marcado por algo que parecia uma queimadura vermelha e cruzava seu olho direito. Quando ela chegou mais perto para ver essa marca, ele abriu os olhos. Cada um de uma cor.

— As Aranhas já chegaram? — ele perguntou, a voz meio rouca.

— Ainda não.

— Esta — ele disse, levantando-se com um pouco de dificuldade — é nossa última dança.

Capítulo trinta e um

Um contra-ataque

"Já foi dito que a oneironáutica não é somente uma ciência prática. Se nem todos têm a habilidade necessária para viajar nos sonhos, qualquer pessoa pode aprender essa ciência, desde que tenha acesso ao material necessário para isso. Um dos objetivos da Fraternidade é assegurar que apenas pessoas preparadas possam usufruir dessas informações."

In Libro Somnium

O salto entre contrapartes em tão pouco espaço de tempo provoca uma profunda desorientação. January nunca vivenciou isso de maneira tão aguda quanto nos últimos dias. Ou semanas. Não adiantavam os livros teóricos ou mesmo o treinamento acelerado de Burton: ela sabia que não era uma sensação agradável, e que precisaria de alguns dias para se recuperar.

No entanto, ela sabia que com David a situação era ainda pior. Pelo menos ela só precisava saltar entre sua época na Terra e décadas atrás em Marte; David ainda precisava visitar 1968 e ajudar January para evitar um possível atentado de Moriarty.

Eles não conseguiram encontrar menções a nenhuma contraparte de Dravot no século XX. Burton foi até a Biblioteca Onírica, mas ela não tinha os dados de todos os oneironautas, especialmente se eles não fossem agentes da Fraternidade. Xingando muito a Ordem Superior e seus desígnios, ele retornou ao Clube Oneiros e se reuniu com January e David.

— Vocês vão saltar agora para 1968 — ele falou. — David já fez isso ontem, portanto o impacto será menor. Concentre-se e não pare o que estiver fazendo.

— Eu estava correndo na direção do hospital onde Jerry... digo, January, está internada, digo, internado.

— Esqueça as gentilezas, rapaz. Se estiver correndo, continue correndo e não pare. January não será capaz de acompanhar você, mas poderá vigiá-lo de dentro da Casa.

— E se eu precisar de ajuda?

— Se acontecer o que estou imaginando, não vai precisar. — E, para January: — Você sabe o que fazer.

Eles não perderam tempo: dirigiram-se a um canto do aposento e se deitaram sobre cobertores que já haviam sido colocados ali especialmente para aquilo. January e David fecharam os olhos e começaram a seguir os passos para adormecer e entrar na Casa.

Que agora parecia estar ainda pior que da outra vez. Os corredores mais escuros, as paredes nuas cheias de rachaduras, como se ameaçassem desabar. Até onde January podia ver, as portas estavam todas travadas; não totalmente abertas, mas curvadas como se a madeira tivesse empenado, a ponto de não permitir que elas se abrissem nem fechassem direito. Não era possível passar por nenhuma delas. Mas, de qualquer maneira, não importava. O que ela queria era a janela azul.

Subitamente, uma voz às suas costas.

— Não há saída, mocinha.

Assustada, ela se virou. Não conseguia reconhecer a forma à sua frente; embora ela se percebesse dentro da Casa como uma criatura física, era uma percepção particular para ela naquele momento. Na verdade, quem estava ali não era nem January nem Jerry nem Jules, muito menos Jhuvia: era a sua consciência. Então, ela era apenas JP novamente, no estado mais puro possível. Assim como a forma-pensamento que estava diante dela. Uma forma indefinida, borrada como se vista através de uma vidraça na chuva.

Mas ela já sabia quem era.

Dravot. O homem que queria ser rei.

O homem que queria ser seu marido quando ela era apenas uma criança.

— Eu não sou mocinha — JP respondeu.

— De fato, não é mais. Você é uma mulher. Bem diferente da menina que seu pai imbecil não quis me entregar em matrimônio.

JP até podia não ter um corpo ali. Mas, então, por que estava tremendo de medo e de fúria?

— Você achou que eu não me lembrava, *mocinha*? Pois eu nunca esqueci. Inclusive eu disse isso na cara de seu pai no Afeganistão.

Os dentes teoricamente inexistentes de JP travaram seu maxilar. Ela fez um esforço imenso para conseguir falar.

— Você viu meu pai lá?

— Não só vi como fui o encarregado de levá-lo diretamente ao emir Sher Ali Khan para negociar a volta dos ingleses a Cabul.

— Foi você que o levou para a morte?

Apesar da figura borrada, JP poderia jurar que viu um sorriso macabro se esboçar nela.

— Cada um tem o destino que lhe cabe nas Infinitas Realidades, mocinha. Como você vai descobrir agora.

E correu na direção dela.

Ela não teve tempo para pensar: tudo o que podia fazer era sair do caminho, usando um movimento de savate na qual Jerry Pond havia sido treinado. Dravot rolou e caiu para o lado.

January não se permitiu pensar. Saiu em disparada.

Ela sabia que não poderia morrer na Casa, pois seu corpo não existia ali. A mente criava a ilusão para que sua consciência pudesse permanecer sã. Mas que diabo! Para quem não tinha um coração ali naquele momento, ele estava prestes a sair pela sua garganta abstrata.

A Casa era infinita, mas o tempo que ela tinha não. January precisava tentar voltar ao ponto de entrada, ou então tentar achar uma porta para a Ordem Superior — se bem que, com um invasor ali, ela provavelmente não estaria aberta.

Foi quando ela virou uma curva e deu de cara com uma porta intacta.

Era uma porta azul, o mesmo tom de azul da janela que ela usara antes para espiar David Bowie no Hammersmith Odeon.

Foi aí que ela se deu conta. David não estava ali com ela.

Capítulo trinta e dois

Um acontecimento inesperado

— Quem, ou o quê, é a Ordem Superior?
— A única regra é: não se pergunta o que é a Ordem Superior.
Atribuído a Tyler Durden

Davidestava sozinho.
O lugar não se parecia em nada com a Casa. Na verdade, não se parecia com nada: ele estava simplesmente cercado de escuridão por todos os lados. Ele ficou ali parado, tentando acostumar a vista.

Depois de algum tempo — ele não tinha a menor ideia de quanto; na verdade nem sabia se o conceito de tempo fazia algum sentido ali, onde quer que estivesse —, David começou a divisar luzes muito tênues na penumbra. Luzes de um tom ambarino, suaves e calmantes. E se deu conta de que não tinha medo de nada.

— Não precisa mesmo ter medo, David — uma voz feminina disse. — Você está seguro aqui.

— Onde estou?

— "Onde" é uma palavra que não faz sentido aqui.

Então David se lembrou do que January havia lhe contado antes, sobre sua experiência muito estranha no dirigível vivo.

— Você... é a Ordem Superior?

— Ordem Superior também é uma expressão que tem um significado muito limitado aqui.

David assentiu.

— Entendo. Mas, como humano, devo dizer que sou limitado.

— Por enquanto.

— Como assim?

— Você foi bem treinado pela Fraternidade. Mas não é o suficiente. Não para a tarefa que tem diante de si. Este é o próximo passo.

— Onde está January? Por que eu não fui para a Casa com ela?

— January está onde tem de estar. Você está onde tem de estar.

— E qual é a minha tarefa?

— Todos nós somos aspectos de algo que está além de nós, David. Alguns são mais importantes para a ordem das coisas.

— Eu sou importante?

— Vocês são importantes.

— Nós? Não estou entendendo.

— Vai entender.

E de repente David Jones entendeu.

Não apenas Jones; todas as contrapartes de DJ, em outras épocas, outros mundos. Foi como se comportas se abrissem e deixassem a água invadir os espaços de sua mente, e ele se lembrou até mesmo do que não sabia que podia lembrar, de tempos em que ele foi:

- um duque inglês do século XVIII, seduzido e transformado em vampiro;
- um major britânico torturado e morto pelos japoneses durante a Segunda Guerra Mundial;
- um escravizado africano nas plantações da Georgia no século XVII;
- um rei duende numa dimensão paralela à da Terra, séculos atrás;

E tantos, mas tantos outros seres.

Mas David Robert Jones, o capitalista e inventor vitoriano, não teve medo. Ele já sabia agora qual seria o seu destino. E o aceitou integralmente.

— Vamos preparar vocês de modo adequado — continuou a voz feminina.

Capítulo trinta e três

Um embate múltiplo

"Cada Casa é ocupada apenas por um oneironauta. Como já dito antes, ela pode ser visitada por mais de uma pessoa ao mesmo tempo. Contudo, só uma dessas pessoas está de fato no controle."

*Do Livro das regras oníricas,
edição revista e atualizada*

J anuary estava sozinha. Nem Burton nem Hipátia poderiam ajudá-la ali, e David não tinha ido para a Casa com ela.

Só pode ser coisa da Ordem Superior, ela pensou. Afinal, como Hipátia havia lhe dito, os desígnios dela são insondáveis.

E absurdos. Afinal, da mesma forma como a Ordem evitou que David entrasse na Casa, poderia muito bem ter evitado que a forma-pensamento de Dravot fizesse o mesmo.

Mas não adiantava reclamar sobre aquilo que não estava no seu controle. Ela sabia, porém, que aquela versão da Casa era dela, e não dele. Portanto, ali ela era a senhora, e a Casa lhe devia obediência.

De frente para a porta, estendeu a mão e experimentou a maçaneta.

A porta se abriu.

A próxima coisa que aconteceu foi intrigante.

A mecânica do Existir funciona em etapas. Por exemplo: normalmente, uma porta da Casa não se abre direto para outra realidade. Entre a porta e a realidade para a qual ela conduz existe uma espécie de névoa, um limbo por assim dizer; em suma, um lugar intermediário onde a consciência de alguém vai aos poucos se fundindo nessa realidade. Ninguém sabe por que isso acontece desse jeito, mas supõe-se que a Ordem Superior providenciou essa barreira de modo a suavizar a transição para os oneironautas. (Em se tratando da Ordem Superior, tudo é suposição.)

Depois de conhecer a Ordem Superior em carne e osso, a suposição de January era a de que esse limbo deveria ser justamente o interior da Ordem, um não espaço como aquele que recebeu a ela e David logo após eles mergulharem no Vril.

Mas não foi o que aconteceu ali.

January sentiu um frio intenso, muito maior do que quando adentrara a Ordem. Ela conseguia ver a fumaça de sua respiração e sentir os arrepios nos braços e no pescoço. Sentiu um cheiro de éter, e se lembrou do hospital em que estava com seu corpo de Jerry Pond, agora tão frágil.

E quem sabe morto.

Então ela viu a névoa se abrir um pouco e Dravot entrou. Mas agora o corpo não pertencia a Dravot. O homem que agora cruzava aquela porta era um pouco mais alto e mais magro, com um pescoço grosso como o de um touro, cabelos louros cortados rente e nariz torto. Estava vestido inteiramente de preto e tinha uma pistola na mão.

O homem nem olhou para ela. Estava olhando para a frente, e January teve que se virar para ver o que era: eles estavam no que parecia ser um quarto de hospital, branco, limpo e mal iluminado. Num canto do quarto havia uma cama, e sobre ela um homem cheio de tubos, com um monitor cardíaco.

O homem era Jerry Pond. E o gigante louro era Dravot. Que estava ali para matá-lo.

A porta do quarto se abriu. E um rapaz magro e de cabelos louros caindo nos ombros parou assustado ao ver a cena.

Subitamente, ao seu lado na névoa, January percebeu uma presença. Não era Dravot; a presença maligna não poderia segui-la até ali, não enquanto ela tivesse o controle da situação.

Não. Quem apareceu ali era a forma-pensamento de Robert Jones. O dr. Jones.

E assim, com ele adentrando o recinto, o drama estava completo e a peça podia começar.

Para Jones, porém, o que começava ali era o inferno.

O que significava *inferno*: o instante exato em que a consciência vitoriana de Robert Jones caiu com o peso da vingança de Deus no cérebro de Davey Jones. Seu corpo caiu e rolou no chão, e era como se ambos os eus caíssem um por cima do outro, como dois homens brigando em um bar — ou (a imagem lhe ocorreu em um clarão, ele não conseguiu descobrir o porquê) dois dragões formando o símbolo taoísta de Yin e Yang.

Ele era ambos. Ele era o equilíbrio. *Não*, ele se corrigiu mentalmente: ele estava longe de ser qualquer tipo de equilíbrio. Ele era um *e* outro, sempre caindo, sempre um *no* outro. Por um momento, tudo parecia se encaixar.

Ele era um só naquele instante. Ele estava inteiro novamente.

E ele sabia. Ele sabia de tudo o que precisava saber.

Mas mal deu tempo de agir a respeito de todo esse conhecimento adquirido de repente (não, não tão de repente; o conhecimento sempre esteve lá; um alquimista disse isso a ele, em outra vida; a Ordem Superior apenas o ajudou a resgatá-lo). Ele precisava salvar a vida de seu amigo.

Davey entrou no quarto onde estava Jerry.

Subitamente, diante de seus olhos, uma névoa gelada cobriu o aposento. Ele conseguia ver algumas imagens indefinidas, que ora pareciam pessoas, ora sombras, fumaças escuras que se misturavam com a neblina branca.

E partiu para o combate.

Davey caiu sobre a sombra mais próxima da cama: um homem, um homem enorme de roupa preta e cabelos louros, mas que diante de seus olhos se tornou um homem difuso, como se brilhasse com luz negra, ou como se vibrasse com energia e velocidade a ponto de ser impossível focar os olhos. Mas a sombra era tangível; os socos de Davey o atingiam muito bem.

Uma coisa que Davey — esse novo Davey, que era mais do que a soma de suas partes, o Davey que sabia — percebeu era que havia outra porta do outro lado do quarto, perto da cama onde seu amigo ainda estava em coma. Uma porta que levava para a Casa.

E January estava logo ali, na entrada.

Tudo o que David precisava fazer era direcionar a sombra (*Daniel Dravot*, uma voz de outra vida sussurrou em seu ouvido, *o maldito Dravot em quem confiei minha vida!*) até a porta, para que ele pudesse empurrá-lo.

E foi isso que ele fez.

Mas a sombra o agarrou e o levou junto.

O que aconteceu depois disso foi ainda mais rápido: Davey entrou na

Casa fisicamente.

January estava logo atrás, e também sabia o que fazer agora.

— Vá depressa! — ela gritou. — Você não pode retornar pela primeira porta! Não pare!

Ele correu até o final do corredor e atravessou a porta de película brilhante.

E tudo mudou mais uma vez.

Capítulo trinta e quatro

Um fim

Como não desabar
Sob o peso de tantos eus?
Deixe de ser você!

                Atribuído a Milarepa (apócrifo)

Por um estranho momento que pareceu durar horas, David Jones era três.

O primeiro, Robert Jones, abriu os olhos na adega do Clube Oneiros. Burton fumava seu cachimbo como se não tivesse nenhuma preocupação no mundo.

O segundo, Davey, estava dentro da Casa, com January, prendendo Dravot.

O terceiro, o Homem das Estrelas, estava na superfície do deserto marciano.

Ele era ao mesmo tempo outra encarnação e, de alguma forma, um amálgama dos dois primeiros (e de outros eus desconhecidos, isso ele sabia). Seu cabelo loiro agora era ruivo, mas como ele sabia disso, já que não havia espelho ali? Na verdade, não havia nada além dele mesmo, vestido com uma roupa multicor estranha, que cobria todo o seu corpo quase como se fosse uma segunda pele.

Ao seu lado, a Guerreira. A mulher forte e valorosa, donzela que era orgulho de sua gente, e que o encontrou quando ele caiu do espaço entre as realidades. (O Homem das Estrelas — tradução literal de um termo com o qual Jhuvia o apelidou quando ele caiu em seu mundo semanas atrás — não era do planeta azul nem do vermelho. Ele era de muitos mundos e de nenhum. Mas isso não importava agora.)

Atrás dela, os exércitos de marcianos vermelhos e verdes, juntos pela primeira vez na história de Barsoom, o planeta Marte para os terráqueos, para combaterem um inimigo comum, os seres que invadiram seu mundo e queriam consumir o pouco que restava dele antes de partir para a Terra.

Eles não permitiriam.

Algo distante se aproximava rapidamente. Em alguns minutos, eles já podiam ver o que era: aranhas gigantes de vidro e metal.

Ao lado dela, o Homem das Estrelas se preparou. Seu treinamento fora longo, até mesmo para os padrões marcianos. No não espaço sem tempo da Ordem Superior, ele estudou, treinando sua mente; praticou, treinando seu corpo; e fortaleceu o foco, treinando o pensamento. Finalmente, o Aspecto o enviou para o planeta vermelho, dessa vez não por intermédio da Casa, mas da Membrana, uma nave em forma de casulo. Ali, ele atravessou as dimensões. Para alguém que pudesse observar de fora (mas ninguém seria capaz), isso aconteceria de modo instantâneo. Dentro da Membrana, porém, muito tempo se passou, tempo suficiente para que Jones assimilasse todos os ensinamentos e chegasse ao objetivo final preparado para usar seus novos poderes.

Quando a primeira onda de máquinas assassinas se aproximou o suficiente, o Homem das Estrelas deu um passo à frente e levou a mão ao rosto. Lentamente, ele puxou a marca em forma de raio do seu rosto como se ela fosse um adesivo e a atirou na direção da máquina mais próxima.

Como uma ave de rapina, a marca voou, mas aumentou de tamanho no caminho. No instante em que tocou o aparelho, o raio vermelho já assumira um tamanho tão grande e assustador que foi suficiente para obliterar as outras máquinas na linha de frente com um ribombar.

Jhuvia levantou sua espada e deu um grito de guerra.

As hostes guerreiras sacodiram a planície com sua resposta.

Foi um massacre.

EPÍLOGO

Quando Burton acordou, os marcianos não estavam mais lá. Como todo oneironauta experiente, ele sentiu as reverberações na sua linha do tempo e entendeu que algo havia mudado. Agora ele se lembrava muito mal de uma Londres em ruínas, parcialmente destruída pelas máquinas de guerra marcianas. Olhou para a mesinha ao seu lado. Ali, perto da bolsa de tabaco, um telegrama estranhamente fora de foco, como se fosse uma miragem. E era quase isso.

— De acordo com este telegrama que está prestes a desaparecer de nossa linha do tempo — ele disse —, os marcianos sucumbiram aos germes da Terra. O Exército de Sua Majestade está coletando os corpos e as máquinas dos extraterrestres para serem estudados… ou estaria, se você não tivesse conseguido derrotá-los.

— Eu consegui? Você tem certeza disso?

— Olhe lá para fora.

Jones foi até a janela estreita da adega. A cidade estava intacta.

— Como se nada tivesse acontecido… — ele falou.

— Porque nada aconteceu. Não mais. — Burton apontou para a mesinha. O telegrama não estava mais lá. Na verdade, o telegrama jamais havia existido.

— Reescrevemos a linha do tempo?

— Como um palimpsesto — disse January. — Mas eu me pergunto, Sir Richard, se isso não deixa algum tipo de marca, como os estratos geológicos.

— São duas metáforas bem diferentes, January.

— Nem tanto. Lembre-se de que, com as ferramentas certas, em alguns casos é possível recuperar pelo menos parte do manuscrito raspado.

— Você disse tudo. Com as ferramentas certas. Que nenhum de nós tem.

— A Ordem Superior tem.

— Você e Hipátia questionam demais as coisas. A Ordem Superior rege o universo.

— Eles não são deuses.

— Defina "deuses". Para nós, não faz diferença. Eles detêm o poder absoluto.

— Essa é a questão, Sir Richard. Só eles?

Burton olhou pela janela.

— Não nos é dado saber, January. Nem a mim, nem a você e nem a Hipátia. Ou talvez, a nós dois somente.

— Por quê? Hipátia sabe algo?

Burton franziu a testa.

— Ela não lhe contou? Achei que a esta altura você já saberia.

— O quê? — January sentiu o coração bater mais rápido. O que mais Hipátia não havia lhe contado?

— Essa história não cabe a mim contar. Porém, a Lenda dela está ali mesmo na estante. Pode consultá-la se desejar. Mas entenda: se ela não lhe deu essa informação, é porque tinha suas razões.

January não respondeu. Levantou-se e foi até a estante.

— Sir Richard, eu tenho uma pergunta — disse Jones.

— Diga.

— Ele... o Homem das Estrelas... está lá em Marte? Ele sou eu?

— Não tente entender tudo de uma só vez. — Burton deu uma baforada em seu cachimbo. — Com o tempo, vai aprender mais sobre contrapartes.

— Ainda não consigo entender como isso é possível.

— O que você está vendo agora? — Burton perguntou.

— Com os olhos abertos, eu vejo isto. — Ele fez um gesto que abrangia a adega no subsolo do Clube. — Mas, quando os fecho, vejo o deserto marciano. E vejo alguém que é muito diferente de mim e ao mesmo tempo sou eu. Ele está lá agora?

— Não agora, e sim algumas décadas no passado. Mas está lá. Ele é você. E ele é ele. Ele sempre esteve lá de alguma forma, e sempre viveu entre as estrelas. Assim como outros de nós, suponho. Mas a Ordem Superior escolheu você por algum motivo que desconhecemos.

— O importante é que você cumpriu seu papel — disse January enquanto procurava o volume nas prateleiras. — Quando cheguei aqui, eu também não sabia o que tinha que fazer. Não sabia absolutamente nada. Mas os sinais estavam lá, e você os emitiu todos. Você brilhou como uma estrela, David.

— Uma estrela negra, isso sim. Meu sonho de usar o diamante como fonte de energia estava fadado ao fracasso desde o começo?

— Claro — disse Burton. — A tecnologia que você ia utilizar não existe ainda nesta realidade. Utilizá-la aqui equivale a um crime capital. Se você não fosse um elemento tão importante no jogo, sanções severas teriam sido aplicadas.

— Compreendo. — Suspirou. — Das cinzas às cinzas, do pó ao pó. Assim morrem os sonhos.

— Não seja exagerado, homem. Você saiu lucrando muito. Todos nós saímos lucrando.

Era verdade, January pensou. Quando voltou da Casa, ela percebeu que Londres estava intacta, como se nada tivesse acontecido. Porque nada aconteceu, não com o Homem das Estrelas protegendo Marte e a Terra dos invasores.

— Agora você é um de nós — ela disse a Jones.

— Um oneironauta, você diz? E o que nós somos, ao fim e ao cabo? O que são os oneironautas?

Burton tirou o cachimbo da boca e olhou Jones bem nos olhos.

— A primeira e a última esperança da humanidade.

A esta altura, January não estava mais ouvindo a conversa. Enquanto falava, ela tinha achado o volume com a lenda de Hipátia e começado a folheá-lo em busca de alguma coisa que nem mesmo ela sabia.

Mas logo descobriu.

Respirando fundo para conter as lágrimas, January devolveu o livro à estante e voltou à poltrona onde estivera sentada antes. Por alguns minutos a adega ficou em silêncio, cada qual no seu mundo.

O dr. David Robert Jones pensava em todas as suas vidas, passadas e futuras, e em como viveria de agora em diante na condição de oneironauta.

Sir Richard Francis Burton trabalhava em sua mente as estratégias para uma possível segunda onda de invasão marciana.

E January Purcell repetia mentalmente o que havia acabado de ler: que entre as muitas vidas de Hipátia de Alexandria estava uma mulher inglesa do século XIX. Helen Wardour-Purcell.

Sua mãe.

OUTRO EPÍLOGO

Mais tarde, sozinho no seu escritório, Burton refletia. Tudo correu de acordo com o plano. Pelo menos até onde ele conseguia entender pela leitura da Lenda de David Robert Jones. Mas nem tudo o que aconteceu estava registrado ali. Tudo poderia ter saído muito errado. Ele não gostava muito de admitir, mas, graças a January e Hipátia, a Fraternidade (e a Sororidade, vá lá que seja) havia sido vitoriosa.

Mas o Longo Jogo continuava. E eles ainda estavam lá. Assim como os marcianos. E os Vril-Ya.

Das Aranhas eles haviam cuidado, pelo menos por enquanto. Quanto à chamada Raça Futura, que piada! E uma piada muito sem graça, na verdade: que viessem, ora. Burton tinha certeza de que a humanidade prevaleceria no final. Afinal, a Ordem Superior estava do lado dos humanos, mesmo que não fossem da nossa raça. Mas, para todos os efeitos, eles são amigos da raça humana. E isso teria que bastar, pelo menos por enquanto.

E ainda havia os tais dos anarcronistas. Sklodowska conseguira fugir, bem como Moriarty. O Napoleão do Crime mal sabia o que lhe esperava; mais alguns anos e encontraria seu fim nas Cataratas de Reichenbach, na Suíça, numa luta corporal com Sherlock Holmes. Já a polonesa... Burton não fazia ideia, e desconfiava que ela seria um empecilho nos próximos anos.

Ele se serviu de uma dose generosa de arak e tomou tudo de um só gole. O anis deixou um gosto amargo em sua língua.

Que venham, ele pensou. *O jogo é longo e muitos são os jogadores. Nós estaremos esperando.*

Mas um passo de cada vez. Agora que a vitória no campo de batalha havia sido conseguida pelo Homem das Estrelas e o exército de Jhuvia, era chegada a hora das negociações. Fechou os olhos e adormeceu.

O deserto em que apareceu no seu sonho lúcido não era mais o do Afeganistão. A planície cor de ferrugem era bonita, mas o ar rarefeito o incomodava. De qualquer maneira, ele não permaneceria muito tempo ali. Apenas tempo suficiente para falar com o Diplomata.

Burton achava cansativos todos os rapapés e burocracias que compunham o trabalho diplomático. Mas seus anos no Exército da Rainha o fizeram compreender e respeitar a importância de acordos e negociações entre facções e países.

À sua direita, um homem se aproximava rapidamente. Vestia um traje semelhante ao de Burton: a *cirwal*, uma calça folgada nas pernas, um *caftan* e um turbante, todos brancos.

— Salaam aleikum, Mirza Abdullah — disse o Diplomata.

— Aleikum salaam, Sir Philip. Pronto para as negociações com as Aranhas?

O pai de January sorriu.

— Estou pronto. Vai ser uma experiência muito interessante.

AGRADECIMENTOS

A primeira edição deste livro foi escrita em inglês e publicada no Reino Unido em 2022, como parte de um quarteto de novelas steampunk encomendadas a diversos autores pelo escritor e editor Ian Whates, *publisher* da NewCon Press. Minha novela foi publicada juntamente com as de autores consagrados como Paul Di Filippo, George Mann e Juliet E. McKenna, e ganhou o Utopia Awards 2023 como melhor novela utópica. Meus agradecimentos na edição original foram para Ian Watson e Cristina Macia, pelo incentivo e bons conselhos (e papos agradáveis com comidas gostosas nos cafés e restaurantes do Porto). Também agradeci a Jean-Louis Trudel, José Baltazar Pereira Júnior e Pedro Fortunato por me indicarem uma boa bibliografia sobre viagens no tempo induzidas por sonhos. Continuo grato a todos.

A nova edição, esta que você tem em mãos, foi solicitada por Artur Vecchi. Para a AVEC, além de traduzir a novela para o português, reescrevi e ampliei o material original para o tamanho de um romance, porque percebi que havia mais a dizer a respeito de January Purcell e a Fraternidade dos Oneironautas. Newton Nitro foi de grande ajuda nesse processo, fazendo uma leitura crítica criteriosa e me apontou passagens que poderiam ser mais desenvolvidas. E ainda há muito material para outras histórias.

Por último, mas não menos importante, minha esposa, Patricia, e meus filhos, Pedro e Larissa, luzes da minha vida, que me dão todo o amor com que eu poderia sonhar. Muito, muito obrigado por estarem comigo nesta jornada.